新吉原角町
寛永寺
浅草寺
浅草雷門
墨田區
向島百花園
隅田川
柳橋
荒川
江戸川區
江東區

《荷風的東京散策記》散策示意圖

spot

context is all

SPOT 1

荷風的東京散策記

作者：永井荷風
譯者：林皎碧
插畫：曹依婷
圖片來源：SIN
責任編輯：冼懿穎
美術編輯：BEATNIKS
封面設計：蔡南昇
校對：呂佳真

法律顧問：全理法律事務所董安丹律師
出版者：英屬蓋曼群島商網路與書股份有限公司台灣分公司
發行：大塊文化出版股份有限公司
台北市10550南京東路四段25號11樓
www.locuspublishing.com
TEL：(02)8712-3898　　FAX：(02)8712-3897
讀者服務專線：0800-006689
郵撥帳號：18955675　　戶名：大塊文化出版股份有限公司

總經銷：大和書報圖書股份有限公司
地址：新北市新莊區五工五路2號
TEL：(02)8990-2588　FAX：(02)2290-1658
製版：瑞豐實業股份有限公司

初版一刷：2013年4月
定價：新台幣 280 元
ISBN：978-986-6841-44-6

國家圖書館出版品預行編目(CIP)資料

荷風的東京散策記 / 永井荷風著 ; 林皎碧譯 . -- 初版 . -- 臺北市 :
網路與書出版 : 大塊文化發行 , 2013.04
184面 ;　17x23公分 . -- (Spot ; 1)
ISBN 978-986-6841-44-6 (平裝)

861.67　　102004805

荷風の
東京散策記

永井荷風——著　林皎碧——譯

前言

荷風習習。屐聲叩叩。

傅月庵
作家、茉莉二手書店執行總監

荷風家很有錢，他一輩子不曾為錢操過心。明治維新大時代，有人上去，有人下來，浮浮沉沉。荷風的父親久一郎出身尾張藩，早早就嗅出時代氣氛，毅然赴美留學，普林斯頓大學畢業後，返國進文部省當會計課長。後來不做官了，一轉身成為日本郵船會社高階主管。他是新官僚，也是實力派商人。時代寵兒，既得利益者。吃穿不愁，想的僅是望子成龍。

長男荷風，不算壞也不太好，高校考不上，卻對落語（單口相聲）、三弦、漢詩這些舊東西興致勃勃，還想寫小說過活。前面那三樣，不能說不好，至少也是種教養，久一郎便是出了名的漢詩詩人，酬答唱和，總是個交際工具。可後一樣，那是新玩意兒，紅塵滾滾，沒聽過誰能靠這謀生？

久一郎傷腦筋了。到上海任職，把荷風也帶去見見世面，這下子似乎也引出了興趣，回到東京，進了外國語學校念中文。誰知沒兩年就因缺課太多被開除，還正式拜師學落語，平日眠花宿柳愛冶遊，跟一班文青混得開心，出了幾本小說集子。說他紈褲，或還不至於，但實在看不出有何長進。

這樣不行！向來獨斷的久一郎決心把他攆出洋去，換個環境，好好學洋文，看看新天地學會新實業？要出洋，美國當然是首選，荷風卻一心想到法國想去巴黎。勸了好幾回，他才總算點頭，聽憑父親安排。這一年，一九〇四年，都二十五歲了，不年輕了。到了美國東晃西蕩，還是很文青，照樣寫他的文章，學法文讀法文小說。這一晃，幾年又過去，老嚷嚷要去法國，久一郎壓了又壓，最後實在壓不住，愛子心切，幫他在正金銀行里昂分行弄了個位置，隨他去了。法國混一年，不耐煩當行員，回家了。前後四年，花了一大把錢，也不知學了些什麼。還好，總算法語、英語稱得上說寫流利。

回國那一年，二十九歲，年近而立，還是喜歡文學喜歡老東西舊事物江戶種種。這一年，荷風連著出版《美利堅物語》、《法蘭西物語》，深獲好評，看來有些起色，久一郎遂管得鬆些。等到森鷗外、上田敏推薦他進慶應大學當教授，有了社會地位，總算勿忝爾所生之後，便大體放手，只除了要求他跟自己所中意的人家聯姻。

一九一二年，荷風奉父命結婚。隔年一月父逝，二月立刻離婚。再隔年，把新橋藝妓八重次帶回家中同居。一九一六年辭去慶應教職，離家別居。到了一九二〇年，麻布那棟藍色「偏奇館」蓋成後，他乾脆離群索居，我行我素，一整個耽溺到文人世界、江戶文化之中了。他還寫，但只為自己寫，不想為也不用為稻粱謀，真是好命！「我喜歡不斷地做自己想做的事。因為是喜歡的事，之後就不會後悔。」他曾這麼說過。那，他喜歡的又是什麼呢？

嗚呼，我愛浮世繪，苦海十年為賣身的遊女的繪姿使我涕，憑依竹窗茫然看著流水的藝妓的姿態使我喜，賣消夜麵的紙燈寂寞地停留著流水的藝妓的姿態使我醉。雨夜啼月的杜鵑，陣雨中散落的秋天樹葉，落花飄風中的鐘聲，途中日暮的山路的雪，凡是無常、無告，無望的，使人無端嗟嘆此世只是一夢的，這樣的一切東西，於我都是可親，於我都是可懷。

荷風在名篇〈浮世繪之鑑賞〉裡的一段話。此處「浮世繪」不妨當作一個代名詞。實際上，他對日漸褪去的江戶文化，有著一種夕陽骸骨般的迷戀。此種迷戀的代表作，自非《日和下駄》莫屬了。

《日和下駄》，「下駄」是木屐，「日和」則指晴天。日本木屐大略可分兩種，高腳的是「足駄」，雨天使用。大家所熟悉，破帽敝衣老斗篷，幾乎就是戰前日本舊制高校生的標誌。「日和下駄」屐齒較矮，晴天才穿，但下雨也無妨，「齒是用竹片另外嵌上去的，趾前有覆，便於踐泥水，所以雖稱曰晴天屐而實乃晴雨雙用屐也。」與永井荷風年歲相去不遠，留學過日本的周作人解釋說。

荷風愛散步，少年已然。中學走讀，便愛在路上晃蕩，到處亂看。跟少年沈從文很是相似。一九一四年前後，父親死了，婚也離了。「無特別應盡之義務和責任，換言之，一身宛如隱居者。日復一日，不在世間露臉，不花費錢財，也毋需朋友，獨自隨心所欲，慢活過日子，種種思慮後的結果之一，即為漫步市內遊蕩。」到處趴趴走，看到什麼，想到什麼，回到家，興致來了，發而為文，在《三田文學》逐月連載，一年後出書，共十一篇，又名《東京散策記》。「散策」是漢語，拄著拐杖去散步。「策」指拐杖，蘇東坡詩：「散策塵外遊，麾手謝此世」即是。可寫文章時，荷風才三十五歲，風華正茂。他的「策」，不是拐杖，是也能撐持也可遮雨，很有些西洋紳士派頭的蝙蝠傘。

荷風這一系列散步文章，論者多半將其內在淵源連結到十九世紀法國詩人波特萊爾繼承大筆遺產後，頹廢度日，逡巡漫步暗夜巴黎街頭，從而將其惝恍不安，創作成《惡之華》、《巴黎的憂鬱》等傑作，且因其「奇特的，悠閒的，孤獨的」特質，論斷其所具備的現代性。

這一「脫亞論」閱讀自有其論述根據。然而，若從東方角度來理解，這位被吉川幸次郎評價其漢文根柢為夏目漱石以降，文士第一的荷風，無論其生活情趣，嗜好品味，相當程度上，幾乎就是中國明清文人那一套：薄有家產，好狎邪遊，聽戲唱曲，舞文弄墨。只因留過洋，眼界更寬廣了一些。關於這點，荷風自己也不否認：

我對日本現代文化常甚感嫌惡，如今更知難抑對中國及西歐文物的景仰之情……之所以能住在日本現代的帝都，安度晚年，只有不正經的江戶時代藝術，如川柳、狂歌、春畫、三弦……。

由此切入，我們或更能體會晴日木屐拍啦拍啦響處，荷風的幽微哀愁了。這一哀愁不僅是「波特萊爾式的憂鬱」，更有著「張岱式的前朝夢憶」成分。只不過張岱是過去式，改朝換代繁華落盡後，回首前塵的色空感悟；荷風則是國土危脆朱顏改，無常在目的現代進行式了。由此上溯，《東京夢華錄》、《武林舊事》、《夢粱錄》、《洛陽伽藍記》，冊頁亂翻，或皆荷風習習，也聽得到屐聲叩叩。

凡一種文化值衰落之時，為此文化所化之人，必感苦痛，其表現此文化之程量愈宏，則其所受之苦痛亦愈甚；迨既達極深之度，殆非出於自殺無以求一己之心安而義盡也。

此為陳寅恪先生〈王觀堂先生輓詞并序〉所言。荷風自不及自殺程度，但晚年的他，一人孤獨過活，埋首只寫《斷腸亭日乘》，偶爾去淺草，跌倒了也不讓人扶；居家外食，一壺熱酒，一盤鹹菜，一碗蓋澆飯，即此充飢。最後孤身吐血倒斃居家，無人聞問。身後留下幾千萬遺產。他不是沒錢，只是心死了。日本越現代，他心越死，隨著他心愛的不正經江戶藝術一步步落入地平線彼端。

目錄

弘前ねぷた

日和下駄

一名東京散策記

序

永井荷風

集結東京市內散步之記事，題為「日和下駄」。其緣由在文中開頭有詳述，此處不再贅言。「日和下駄」從大正三年（一九一四）夏初起約一年，月月連載於雜誌《三田文學》，此次應米刃堂主人之邀，改寫後遂成一卷。此處明記撰稿年月，惟思此書問世之時，篇中所記市內之勝景，已遭破壞而無跡可覓者應不在少數。君不見，木造今戶橋早已變為鐵吊橋，江戶川岸因水泥加固，再不見露草之花。櫻田御門外，還有芝赤羽橋對面之閒地，如今不正在大興土木嗎？昨日之深淵，今日之淺灘，拙著為變幻之世界立下存照，期盼有幸成為後人談興之素材。

乙卯年（一九一五）晚秋

地圖

第一

日和下駄

比常人高的我，總是足履木屐、手持蝙蝠傘信步而行。無論天候如何晴朗，若無木屐和蝙蝠傘，心就難安。此緣於對年中溼氣重的東京天氣，全然不抱信心。善變者，非僅是男人心、秋日天空及上位者的政事。春日賞花時，午前還是晴空萬里，午後二、三時若非起風，傍晚也不免來一陣雨。一入夏之土用[1]，驟雨隨時而至，甚難預料。多變的天候、難料的降雨，原本為昔日小說中才子佳人締結難捨契緣之媒，今日之世，戲曲終場時，幸得一場驟雨，作為掩人耳目之帷幕，而在某處上演極盡纏綿的男女偷情戲，並非少見。閒話休說，論及木屐之效用，何止僅限於難測之雨。天氣持續晴朗之冬日，山邊一帶紅土冰融霜解，有此木屐又何在意？鋪柏油路的銀座、日本橋之大街，溝水亂濺、泥濘橫溢，有此木屐又何足驚？

永井荷風出生地——
文京區春日二丁目。

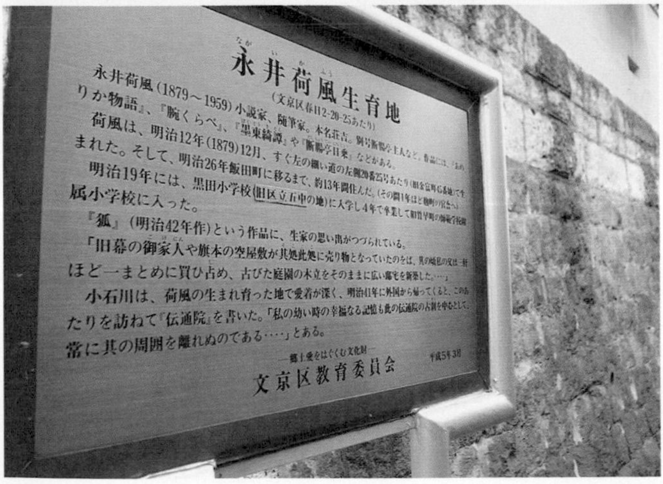
永井荷風生育地
（文京区春日2-20-25あたり）
永井荷風（1879～1959）小説家、随筆家。本名壮吉。
りか物語』、『腕くらべ』、『濹東綺譚』や『断腸亭日乗』などがある。
荷風は、明治12年（1879）12月、すぐ左の細い道の左側20番25号あたり
まれた。そして、明治26年飯田町に移るまで、約13年間住んだ。
明治19年には、黒田小学校（旧区立五中の地）に入学し4年で卒業して
附小学校に入った。
『狐』（明治42年作）という作品に、生家の思い出がつづられている。
「旧幕の御家人や旗本の空屋敷が其処此処に売り物となっていたのを
ほど一まとめに買ひ占め、古びた庭園の木立をそのままに広い邸宅を新築した。…」
小石川は、荷風の生まれ育った地で愛着が深く、明治41年に外国から帰ってくると、
たりを訪ねて『伝通院』を書いた。「私の幼い時の幸福なる記憶も此の伝通院の古刹を中心として、
常に其の周囲を離れぬのである……」とある。
―郷土愛をはぐくむ文化財―
文京区教育委員会
平成5年3月

永井荷風生育地
萩の舎跡
徳川慶喜終焉の地

我一如既往，足履木屐、手持蝙蝠傘信步而行。

市中散步，為自孩提時期以來之愛好。十三、四歲，吾家曾經短暫由小石川移至麴町永田町官舍。彼時當然尚無電車。我前往神田錦町私立英語學校時，走進半藏御門，穿過吹上御苑後頭古松鬱鬱青青的代官町大街不久後，邊眺望二之丸、三之丸的高聳城牆及深邃護城河，渡過竹橋沿平川口御城門對面的昔日御搗屋、今之文部省，走到一橋。如此路程絲毫不覺得遠，起初反而感到事事珍奇而樂在其中。沿宮內省後門斜向之兵營土坡山腰，有一棵高大朴樹。彼時，樹蔭土坡下路旁有一口井，無論夏冬有賣甜酒、有賣大福餅、有賣豆皮壽司、有賣甜湯都在此卸擔，等候往來路客停歇惠顧。也曾有車伕、馬伕多達五、六人，圍坐休息用餐。從竹橋進到御城內代官町大街，對步行者不算一回事，對拉車者可是一條漫長之上坡道，此處正當坡道之中途。東京地勢即為這般，往麴町、四谷漸次變高。夏日炎炎，由學校返家歸途，我也同車伕、馬伕般以井水擰毛巾拭汗，登上土坡大朴樹下歇憩。那時分，土坡上已豎起「禁止攀爬」之立牌，若不在意禁令顧自登高，隔著護城河能遠眺街町。如此能遠眺者，不限此處，從外城溝松蔭往牛込小石川高台眺望，同樣可見東京之絕景。

櫻田濠。

外櫻田門。

●地圖

我由錦町返家時，轉過櫻田御門到九段，總愛繞道而行，穿過耳目一新的街道，頗饒趣味。約一年後，我對途中光景有些厭倦時，吾家再次遷回小石川舊宅。那年夏日起，開始前往兩國游泳場，此番的繁華下町和大川河岸光景，益發引人興致。

今日在東京市內散步，對吾身而言，只是回溯從出生至今的過往生涯之追憶。加之，時勢變遷，日日皆有往昔名勝古蹟遭破壞，散步市內，悲哀無常的寂寞詩趣油然而起。大凡想玩味近世文學所表現之頹廢詩情，毋需遠赴埃及、義大利，只消在今日的東京走一回，無處比東京更叫人哀戚感傷。今日看過之寺門、昨日歇憩之路旁大樹，再來時，必定已成租屋或工廠。何況毫無歷史緣由之建築物，及未經歲月淬煉之樹木，不知何故總引人發自內心的悲傷仰望之。

自古以來，江戶名所就無足以誇耀之風景和建築。寶晉齋其角[2]在《類柑子》一書中有云：「雖則隅田川聲名流傳，然比起加茂川、桂川遠為遜色而不足道矣。若有山巒為其所願。目黑為古之舊所，山坡有趣，卻失之迢長而水勝離遠，似嵯峨而為不寂寥風情。王子無宇治柴舟屢屢可入眼之山島，護國寺似吉野有千樹櫻花，櫻吹雪之景致卻無水流，令人遺憾。移奉住吉大神之佃島，岸邊少姫松、拱橋乏情趣。宰府徒有崇奉之名，以曬斗篷取代染川之色彩，以埋垃圾取代寄相思予思河。都府樓觀音寺之唐畫，不提也罷！裸露大鐘的報恩寺白色屋甍，有如屏風矗立般無趣。樹木稀疏，梅花葉不紅，三月暮春藤繞迴廊，擺宴歡聚，心不留野……云云」。而且，其角認為江戶名所中，唯一無瑕之名作，僅有《快晴富士》而已。此恐為對江戶風景最公平的批評吧！江戶的風景、堂宇大抵不及京都、奈良。儘管如此，對於在此都會出生者而言，此都會的風景必然會產生特別之趣味。此事從古來有關江戶名所之案內書、狂歌集、繪本之類大量出版看來，就可容易推測而得。太平盛世的武士、町人，喜愛觀光、遊山。喜愛花草、眺望風景、探幽訪勝諸事，被視為最高尚的風雅嗜好而為人所尊崇，實際上未必真有那般興趣盎然，時而也僅以此炫耀人而已。依我私見，江戶人探訪江戶名所最盛期，似在狂歌全盛的天明年（一七八一—一七八九）間之後。對江戶名所持有興趣者，不能不具有江戶輕文學[3]之素養。甚而言之，非得有戲作者氣質不可。

最近，我足履日和下駄[4]，再度「喀拉、喀拉」開始於市內散步，當然是受江戶輕文學所感化。然而，我個人的趣味當中，自然也混有近世趣味主義之影響。一九〇五年巴黎有名喚安德烈．阿雷的新聞記者，以看戲的心情觀察社會百種現象並寫下徒步觀物記事，再與遍訪法國各州都市古蹟的印象記合併，題為《漫步》（*En Flanant*）一書公開發表。彼時，也有一位名喚安立．波魯道的評論家，趁此機會剖析何謂趣味主義。此處自是無介紹之必要。我僅是事先說明西方也有人在市內散步，對於觀察近世世態及過去遺物感興趣之傾向。阿雷為西方人，其態度當然不似我這般對社會漠不關心及有意躲避。此為國情各有不同吧！他並非無事可做，迫於無奈才去散步。而是有自覺、有企圖地觀察社會。然而我則無特別應盡之義務和責任，換言之，一身宛如隱居者。日復一日，不在世間露臉，不花費錢財，也毋需朋友，獨自隨心所欲，慢活過日子，種種思慮後的結果之一，即為漫步市內遊蕩。

閱讀法國小說，描述出身沒落貴族家庭，憑藉僅有遺產總還能讓自己衣食無缺，卻無餘錢可資享受浮生之樂或與人周旋酬酢，無為無能度過虛幻、寂寞一生者何其多。這幫人也想從事足以成名世間的專門研究卻無此資質，也想覓尋工作卻無此能力。莫可奈何下，只得以習畫、釣魚、走訪墓地等毋須花費的方式過日子。我的境遇與彼等迥然不同。然而，其行為及感慨大抵相同吧！當今的日本和文化爛熟的西方大陸社會不一樣，不拘有無資金，只要自身有幹勁，可為事業多如牛毛。世間男女烏合之眾群聚演戲，只要標榜「藝術」二字，自有客源而至。只要誘發鄉下中學生的虛榮心，招募投稿，經營文學雜誌亦非難事。假慈善和教育之美名，脅迫弱勢藝人廉價演出，強賣門票四處公演，即可不勞而獲大賺一筆。從對富豪的人身攻擊，漸漸以強悍而聞名，一旦私囊漸飽、抓緊時機，搖身一變擺出一副上流紳士的模樣，不久也能躋身國會議員。恐怕沒有哪一國比當今日本，有如此多事情可為且容易為者。然而，若不願以此作風處世而潔身者，肯定得自行退讓。另外，搭乘市內電車，為趕往目的地，每當車子一停站，不顧體面及風度，撥開旁人粗魯地跳上車的蠻勇不可無。自忖無此蠻勇，與其痴痴等待空電車，莫如徐徐龜步於無汽車的小巷或未遭都市更新破壞的老街。行走市內道路，未必得搭乘市電車。若能忍受略微延遲，則可悠悠然闊步之道路不知凡幾。同一道理，現代生活未必非得以美國式的努力主義才能填飽肚子。只要心中未存有那種留著鬍子、身著西服去嚇唬呆子的所謂鄉下仕紳的野心，縱使身無分文，亦無可稱為友人的共謀者、可稱為前輩或老大可資阿諛的對象，那麼可優游自適營生的方法也是不少吧！同為路邊擺攤，與其留著鬍子、身著西服，以演講者腔調做醫學說明欺哄賣藥，不如默默於後街廟會烤銅鑼燒或捏麵人。與其像最近那種裝扮成苦學生模樣的行商，趾高氣揚地踏著響亮腳步聲，拉開人家的格子門，帶著鄉音高聲喊道：「太太在家嗎？」分明就是強人所難的惡劣行徑，不如往昔腳履草鞋、頭戴斗笠，四處叫賣黃石蛉、蟲百蠟、箱根山山椒魚或越中富山的千金丹。秋日夕暮、冬日清晨，聽聞此叫賣聲，未知有如何之感傷、寂寥啊！

我之所以踽踽獨行，非為讚美東京新都會的壯觀而論其審美之價值，熱切探訪江戶舊都的古蹟也非為主張保存。若問為何？我認為現代所謂主張保存古美術之徒，正是妨礙古美術風趣之原因，古神社古寺圍以鐵鍊、塗漆立牌上斗大「禁止如何如何」也就罷了！以保存古神社古寺為名，行承包修繕工程之實，此行為等同破壞之暴舉，在此我毋庸特地舉出實例。是以，我能夠漫無目的到處行走，隨心所欲書寫。因為與其在家看妻子歇斯底里的臉龐，對浮生感到絕望或遭新聞雜誌記者突襲，使得特意清理的煙灰缸又堆滿煙蒂，閒暇之時不如出外漫步。「走吧！走吧！」的念頭一來，我就悠哉悠哉、慢條斯理地到處繞呀繞。

原本是毫無目的的散步，若強要說有何目的，那就是當我不經意手持蝙蝠傘、足履日和下駄行走時，來到電車線後方殘留都市更新前的老街，或仰望寺廟眾多的依山小巷中的樹木，或見到架在溝渠、護城河上不知名小橋等，總覺周圍寂寞的光景調和了我的感情，一時之間令我產生難以離去的心緒。心扉為那些無用感慨所打動，比什麼都欣喜。同為荒廢景象，若是知名宮殿或城郭，似有三體詩之類而廣為人知，如「太掖勾陳處處疑，薄暮毀垣春雨裡」或「煬帝春游古城在，壞宮芳草滿人家」等詩歌傳誦。

然而，我喜歡足履木屐遊走的東京市內廢墟，也只是我個人的興趣而已，皆為不容易說明其特徵的平凡景色。譬如：砲兵工廠的磚牆一側小石川富坂將盡坡底左側的一條溝渠，沿其水流轉向源覺寺蒟蒻閻魔王方向的小巷，即為一例。兩側屋舍低掩，道路漸次蜿蜒，從看不見塗漆看板或仿西洋式玻璃窗當中，除卻冰屋的幡旗閃閃飄動外，放眼眺望小巷見不著一絲色彩。裁縫鋪、芋頭屋、糖果鋪、燈籠店等，盡是以古來傳統業營生的人家。經常可見新開發城町出租屋門口，高掛華麗的什麼什麼商會或什麼什麼事務所之類的招牌，我不禁對新時代這些企業感到不安的同時，也感受到那些主謀者具有相當危險性。相反地看到如此貧窮後巷內，以古來傳統貧窮度日的老人時，泛起同情和悲哀感時，也油然生起尊敬之念。同時聯想到如此家庭的獨生女，如今已成為仲介之餌被賣到某處當藝妓，忍不住要沉溺於日本固有忠孝思想和人身買賣習慣的關係，其結果依然持續在現代社會產生影響。

最近，我路過麻布網代町邊的後巷，看見從崖下吹來一陣夏風把店門口活動影戲、國技館、演藝場的廣告紙吹捲的冰屋，從外頭一眼望見屋內有一位十五、六歲的小姑娘正在練唱《清元》曲調，如往常般悄悄止步。我不僅對所謂不健全江戶曲音，於今日之世尚能保存一線命脈感到驚訝外，也對至今那種哀調為何依然刺痛我心而感到不可思議。還有如不經意間路過後巷為小姑娘的三味線所感動般，我終究無法接受世界的新思想。若是沒有我也無法接受伴隨世俗一般風潮讓這種江戶曲調在光鮮亮麗的電燈下演奏。若是沒有任何事物來打擊我的境遇，我的感覺、趣味和思想，漸次使我變得固執褊狹，終致成為全世界所擯棄之人。我也常常努力反省。同時，連對這種性格的人到底會有何下場，以及索性放棄一切讓自己如同他人般面對虛幻未來，都持有一種諷刺性的好奇心。自己抓住自己的身體，原來使出如此的力道會有如此的痛楚，獨自一個人自我虐待、獨自一個人噙著淚水。或是表面佯裝恬淡灑脫，心底卻為絕望斷念所占據。因此，每次我聽聞「逞強飲酒只為掩飾被淚水弄糊的粉臉」這首不算稀奇的歌曲，如有一種特別的刺直戟入我心。當我被後方急駛而來汽車的響聲弄得狼狽不堪，急忙從大馬路躲進不見陽光的後巷，踉蹌跟在人家後頭時，我看到自家的趣味和痛苦、得意和悲哀。

譯注

1 土用為四立（立夏　立秋　立冬　立春）前約十八日之日，此處指夏之土用。

2 寶晉齋其角（一六六一－一七〇七），即寶井其角，寶晉齋為其號，江戶前期俳諧師。

3 輕文學為以 Light 和 Novel 合成之日製英文，有種種定義，此處是指類大眾文學。

4 「日和」意為晴日，「下駄」亦做「下踏」，意為木屐。「日和下駄」即為晴日使用之木屐。

麻布十番網代通。

●地圖

第二

淫祠

往後巷、走小巷。一如既往，我足履喜愛的日和下駄「喀拉、喀拉」走到後街小巷，必定會有淫祠。自古至今，淫祠不曾受過政府庇護。置之不理任由其荒廢也就罷了！甚而動輒就要拆除。儘管如此，至今在東京仍有數不清之淫祠。我喜愛淫祠。若以增添後巷風景之趣味而言，淫祠遠比銅像更具審美價值。本所深川護城河的橋頭、麻布芝一帶陡峭坡地下方、或繁華街町的倉庫之間，還有寺廟很多的後巷角落等，總有一座小小祠堂或任由風吹雨淋的地藏菩薩石像，直至今日必然還有許願繪馬、奉獻手巾或點著幾炷香。儘管現代教育努力教導日本人學會狡猾，至今仍然無法占據部分愚昧民眾的心靈。替路旁淫祠裡少有人祈願的地藏菩薩頸子掛上圍兜的人，也許是賣女兒當藝妓，也許是劫富濟貧的義賊，也許夢想標到會或中彩票者。然而，他們不懂向報紙投書揭發他人隱私以報復，也不懂以正義人道為名訛詐他人錢財或迫害他人。

淫祠大抵是從卜吉凶及靈驗與否的荒唐無稽中，伴隨著一種滑稽的趣味。

聖天神得供奉炸饅頭，大黑神得供奉分叉的蘿蔔，稻荷神得供奉油豆腐為眾所周知之事。另外，還想到芝日蔭町有供奉鯖魚的稻荷神，駒込有供奉炮烙的所謂「炮烙地藏菩薩」。頭疾祈願後痊癒，以炮烙戴在地藏菩薩頭上作為還願。御廄河岸的榧寺，有治

文京區小日向日輪寺。

日輪寺地藏甘酒婆。荷風於〈礫川徜徉記〉一文曾提及祈求治癒咳嗽要以甜酒來供奉。當日荷風遊經此地時，看到有四五十瓶甜酒，足見靈驗程度。

地圖

蛀牙很靈驗的「飴嘗地藏菩薩」，金龍山境內有供奉鹽的「鹽地藏菩薩」。

聽說小石川富坂的源覺寺有供奉蒟蒻的閻魔王，對於大久保百人町的鬼王，溼疹痊癒後則是以豆腐還願，祈求向島弘福寺的「石頭婆」治好小孩百日咳得供奉煎豆。

這些天真無邪且帶些卑賤性的愚民習俗，有如酬神戲中猛然見到的舞蹈、祈願繪馬裡有如寓意圖案般拙樸的畫，總是帶給我無限的心靈慰藉。這並非只是單純的可笑。無法說理、無法議論的愚蠢行為當中，仔細思考之下，有一種「物之哀」般奇妙的心情。

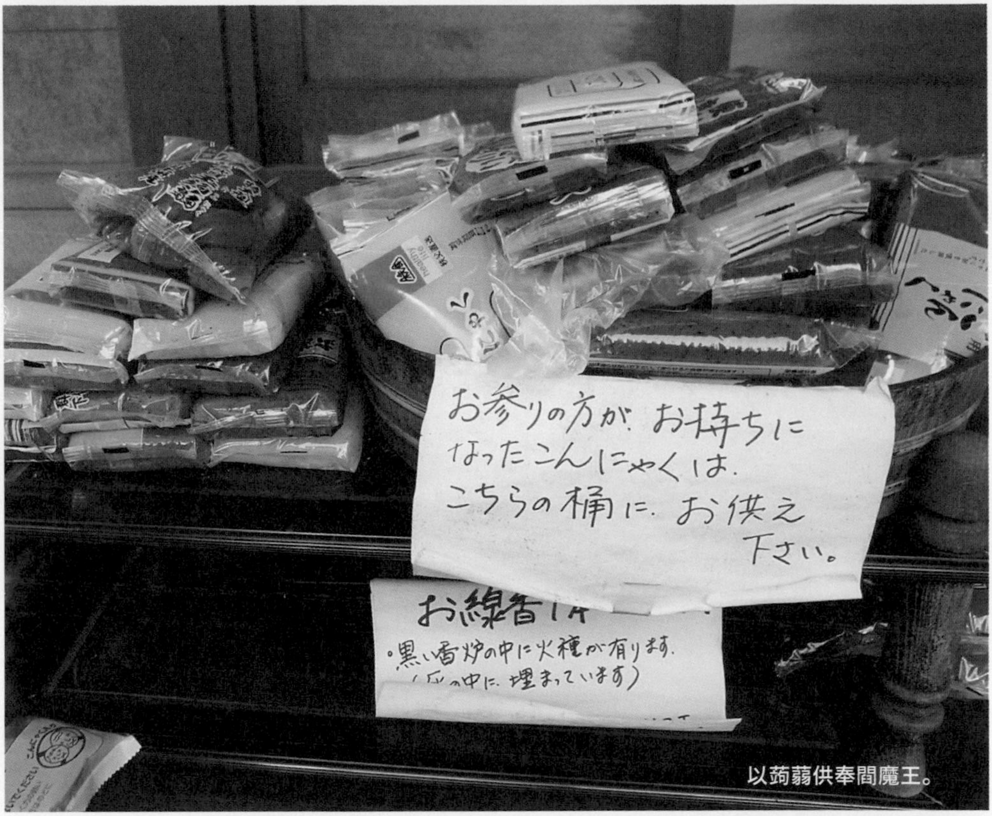
お参りの方が お持ちに
なったこんにゃくは
こちらの桶に お供え
下さい。
お線香
・黒い香炉の中に火種が有ります
（灰の中に埋まっています）
以蒟蒻供奉閻魔王。

小石川常光山源覺寺。

●地圖

第三
樹

舉目青葉山
杜鵑聲中品鰹魚

往昔，江戶這座都城最美麗時節的情趣，以這簡單的十來個字就可道盡。北齋及廣重等人所描繪的江戶名所作品，若以文字替代，盡在這一首俳句中。

不僅東京市內，連周遭的近郊，天天都在開發整修，所幸神社寺廟的境內、私人宅邸、還有崖邊和路旁，尚留下許多樹木。如今，因工廠的煤煙和電車的噪音，日本的晴空已少聽聞鷂鷹的鳴叫聲，雨過天晴的深夜，縱使有月出，杜鵑也不再鳴叫。所謂鰹魚之味，因有火車及冷藏之便，亦不似昔日般珍貴。唯有舉眼能見之青葉，每年一到繁花落盡的五月，於下町之河畔、於山邊之坡上，市內所到之處皆是生氣盎然的嫩綠色彩，讓我們才感受到東京這座都市有一種自江戶流傳而來的快感。

東京人初試夾衣那日，無論清晨、白晝，還是夕暮，外出沿路行，九段之坡上、神田之明神、湯島之天神，還是芝的愛宕山等，登上隨處皆有的高台，放眼往市內望去。初夏閃耀的天空之下，看到一望無際的瓦葺屋頂之間，或銀杏、或椎樹、或橡樹、或柳

寬永寺內的銀杏樹。

樹等新綠鮮嫩的樹梢，在陽光照射下豔麗閃爍，才覺得東京這座都市因有仿西洋建築物、電線、銅像而醜陋不堪。雖然說不出是東京的何處，總算察覺東京還是有一種固有的情趣。

若是今日的東京果真有一種都市美，我敢斷言其第一要素即為樹木和水流。覆蓋山邊的老樹和流經下町的河川，為東京市最尊貴之寶。巴黎之所以是巴黎，其風貌在於寺院、宮殿、劇場等建築，縱使沒有樹木和水流亦無缺憾吧！然而，我們的東京若無鬱鬱蒼蒼的樹木，芝山內的壯麗靈廟根本無法持有其美麗和威儀。

庭園必得有樹有水，為理所當然之事。營造都市之美觀也無法排除此二者。所幸東京之地，自往昔就有眾多樹木。如那至今仍留存在芝田村町的銀杏樹般，傳說為德川氏進駐江戶之前即有的老樹為數亦不少。小石川久堅町光圓寺的大銀杏樹，還有麻布善福寺內號稱親鸞上人親植的銀杏樹，皆為數百年之老樹。淺草觀音堂旁亦有兩棵聞名之銀杏樹。小石川植物園內的大銀杏樹，明治維新後差點被砍倒而留有斧鑿痕，如今反而成為老樹備受敬愛之處。走在東京市內探尋這般有故事來歷的銀杏大樹，還有很多吧！矗立在小石川水道旁道路正中央的第六天之祠一側，還有從柳原大街污穢舊衣店屋頂上，都可見到高大銀杏樹聳立。神田小川町大街上，我還在一橋中學讀書時，有一棵比電線杆還高的大銀杏樹貫穿香煙鋪屋頂高高聳立。經過麴町的番町一帶、牛込御徒町一帶，可以見到好像往昔旗本宅邸內到處都有的高大銀杏樹聳立。

眺望轉黃的銀杏樹葉與神社、佛閣的粉壁朱欄相輝映，為最具日本風味的山水風景。

櫻門濠內堀通上種植的柳樹。

●地圖

浅草寺の神木・いちょう
浅草寺本堂東南に位置するこのいちょう
は、源頼朝公が浅草寺参拝の折、挿した枝
から発芽したと伝えられる。
昭和五年に当時の文部省より天然記念物
に指定されたが、昭和二十年三月十日の戦
災で大半を焼失した。今は天然記念物の指
定は取り消されたが、あの戦災をくぐり抜
けた神木として、今も多くの人々に慕われ
ている。
金龍山　浅草寺

浅草寺銀杏神木。

在此，不得不說淺草觀音堂的銀杏樹，可說是居東都銀杏樹之冠。明和時期（一七六四—一七七一），這棵樹下有名喚柳屋的牙籤店。柳屋美女阿藤的容姿，至今留在鈴木春信、一筆齋文調等人的錦繪之中。

松樹比起銀杏，與神社佛閣更見和諧，更能營造出日本風格或中國風格的景致。江戶武士宅邸不種植開花植物，常綠樹中特別尊愛松樹之緣故，舊武家宅邸一帶，至今有不少常綠不改其色的松樹，引人發思古幽情的地方。市谷護城河堤有高力松、高田老松町有鶴龜松。依據廣重[1]繪本《江戶土產》所錄，江戶都內人士普遍知曉的高知名度松樹，有小名木川的五本松、八景坂的鎧掛松、麻布的一本松、寺島村蓮華寺的末廣松、青山龍巖寺的笠松、龜井戶普門院的御腰掛松、柳島妙見堂的松樹、根岸的御行松，隅田川的首尾松等及其他還有很多吧！然而，時至大正三年（一九一四）的今日，幸好沒枯死者又有幾許呢？

青山龍巖寺之松為北齋[2]描繪於錦繪《富嶽三十六景》之中。我曾從大久保的獨居處，以不遠處的青山為目標，憑著古江戶圖去尋找過這座寺廟。寺廟殘存於穿過青山的練兵場、兵營後方的千駄谷之一隅。不過，堂宇經改建後已不見昔日風貌，寺廟境內蓋起出租屋，別說是松樹，連如庭院般的閒地也不得見。這附近被稱為山邊之新日暮里，據說日暮里的花見寺可以和仙壽院的名園相媲美一事，也是從《江戶名所圖繪》中得知，我足履日和下駄按圖索驥探尋至此，穿過老舊大門，拾級而上，石階兩側茶樹修剪整齊美觀，勉強還有些昔日風貌。庭院已被剷平得不見蹤跡，本堂一旁的墓地也只象徵性地保留些許土地。

今日還存活在上野博物館園區的松樹，為寬永寺的旭松，好像亦可稱為稚兒松之類。雖然首尾松已無跡可尋，根岸的御行松依然健在。麻布本村町的曹溪寺有絕江松、二本榎高野山有所謂獨鈷松。其樹形和古畫上所繪相較之下，皆與往昔風貌一樣。

春天一到，柳樹和櫻樹共同織成都市的錦繡，因此喜愛市內樹木的人，絕無理由等閒看過。提到櫻樹，有上野的秋色櫻、平川天神的鬱金櫻、麻布笄町長谷寺的右衛門櫻、青山梅窗院的拾櫻，還有不知今日是否尚留存而於名所繪上享有盛名的澀谷金王櫻、柏木的右衛門櫻以及駒込吉祥寺的櫻花夾道等，若想搜尋有來歷的櫻樹應該有很多。不過，似乎連一棵能夠叫出名的柳樹都沒有。

傳說隋煬帝在長安營建顯仁宮、在河南開鑿濟渠，堤上種植長達一千三百里的柳樹。遙想「金殿玉樓綠波流影處，春風柳絮如飛雪，黃葉菲菲舞秋風」，宛如青綠屏風七寶古陶般的色彩眩惑人心。確實無如柳絲隨風搖曳水流之上，那般令人心曠神怡。東都柳原的土堤上，臨神田川之水流，從筋違見附至淺草見附，盡是茂密柳樹枝條垂拂。改隸東京不久河堤崩壞，成為今日所見之紅磚家屋（河堤崩壞，依據《武江年表》為明治四年〔一八七一〕四月之事，建造家屋則為明治十二、三年〔一八七九、八〇〕之時）。

柳橋無柳，柳北[3]先生於《柳橋新誌》一書中記載：「橋以柳為名而不植一株之柳」。惟離兩國橋不遠處的川下溝上有一小橋，人稱元柳橋，此處有一棵老柳，見於柳北先生該書，小林清親[4]翁《東京名所繪》中亦有描繪。只見畫上晨霧籠罩河面，兩國橋朦朧如淡墨。此岸有一棵粗柳微微斜立。樹蔭下有一男著條紋和服、手巾置肩上，面向後方眺望流水。閒雅之趣洋溢畫面，好似聽到舢舨的櫓聲和海鷗的鳴叫聲。那棵柳樹究竟何時枯朽呢？如今河岸樣貌已變、小河已淤塞，元柳橋之遺跡亦難尋覓。

自半藏御門到外櫻田護城河、或到日比谷馬場先和田倉御門外一帶的護城河畔，全都種植柳樹，到處都有灑水車置於一旁。這些柳樹可能是明治時代（一八六八—一九一二）之後所栽種的吧！因為觀看廣重《東都名勝》錦繪中的外櫻田風光，在護城河畔道邊未見繪有任何一棵柳樹。僅在堤壩下水邊的柳井之旁有一棵柳樹。依我鄙見，隔水眺望對岸古城石垣和老松之時，可能嫌棄此岸柳樹遮蔽視線又讓眼界變窄，所以寧可無勝有。更別提在此處種植西洋風之楓樹了。

東京市不斷想模仿西方都市外觀，近年來在各區路旁栽種楓樹、橡樹之類，其中最不協調處，莫過於赤坂的紀之國坂的道路。看起來神似御所、神似京都的赤坂離宮的白牆，行道上栽種異國種的楓樹，實在甚為唐突。山邊靠近護城河，種植行道樹根本無用。因為縱使沒有行道樹，山邊一帶何處看不見綠樹呢？繁華下町的行道樹，才是最能發揮其效用。銀座、駒形、人形町等街道上的柳蔭，讓夏夜的露天店家顯得非常熱鬧，縱使沒有電扇，也有天然風習習拂來，不等於星空下的一大商場嗎？

東京的樹木，除以上所提之外，還有青山練兵場內的珍貴大樹、本鄉西片町阿部伯爵家的椎樹、同區弓町的大樟樹、芝三田蜂須賀侯爵宅邸的椎樹等，毋須一一煩述。

譯注

1 立齋廣重（一七九七－一八五八）：江戶後期浮世繪師，即歌川廣重，亦稱安藤廣重。

2 葛飾北齋（一七六〇－一八四九）：江戶後期浮世繪師，其代表作為《富嶽三十六景》。

3 成島柳北（一八三七－一八八四）：活躍於江戶後期、明治時代之漢詩人、隨筆家、新聞人。

4 小林清親（一八四七－一九一五）：版畫家、浮世繪師。

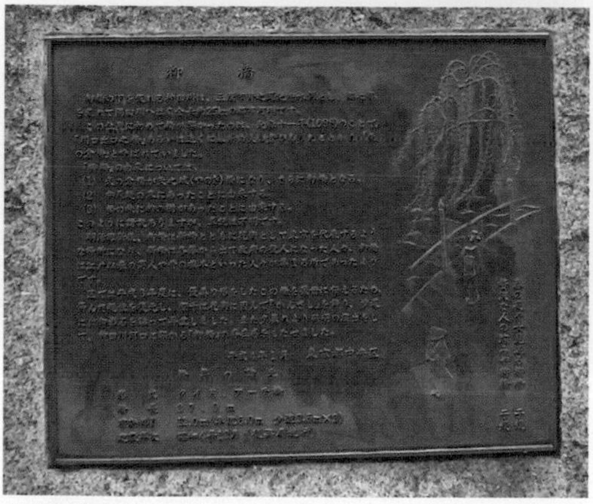

台東區柳橋。

●地圖

第四 地圖

我以蝙蝠傘為杖、足履木屐信步行於市中時，總是攜帶便利的嘉永版的江戶分區圖於懷中。這倒也不是嫌惡現今出版的石版東京地圖，而是特別喜愛昔日木版繪圖。足履日和下駄行走於現代街道，若是邊走邊查看往昔地圖，就能不費事地對昔日的江戶和今日的東京做出比較及對照。

譬如：牛込弁天町一帶因道路拓寬，近來已經面目迥異，後街小河還留有根來橋名稱，我對照江戶分區圖，邊走邊察覺這一帶原來就是根來組兵卒住屋，彷彿歷史上的一大發現般暗自歡欣。除此愚蠢無益的興趣外，往昔地圖還有一個便利處，就是風花雪月的名所及神社佛廟的位置，不僅以格外顯眼的顏色標示，時而也會加上類似導覽般敘述從此處得經過幾町或幾家植栽屋之類的說明。大凡東京地圖也不會勝於精密又正確的陸地測量部的地圖吧！但是，看這種地圖實在無法引起任何趣味，更無法想像風景為何。標示土地高低如蚰蜒之足的記號和專注於所謂幾萬分之一等尺寸的正確性和精密度，反而失去自由自在的妙趣，只會讓看地圖的人感到厭煩而已。看起來好似不精確的江戶繪圖，不僅在有櫻花盛開的上野主動畫上櫻花、在種植柳樹的柳原畫上柳條，還有將從飛鳥山可以遠眺日光筑波的群山，隨即將山巒畫在浮雲那端，這般隨機應變把完全相反的製圖方式和態度並用，真是趣味盎然，且平易近人而易得其要領。由此看來，不正確的江戶繪圖遠比正確的東京新地圖更具直感，更予人深刻印象之手法。其實，現代西式制度，諸如：政治、法律、教育等萬般事物，盡悉相同。現代的裁判制度如東京地圖般繁瑣，大岡越前守[1]的眼力則如江戶繪圖。換言之，東京地圖有如幾何學，江戶繪圖則如圖形。

江戶繪圖和日和下馱、蝙蝠傘，都是我散步必備之伴侶。依照江戶繪圖走在未知的後街，自然而然產生一種彷彿置身於那時代的心情。實際上，無論走到現在東京的何處，無有一處美麗風景或莊嚴建築可以讓人產生恍惚之感而不捨離去，因此不得不處心積慮以種種方法，營造出僅有的幾分趣味。然而，對於無論如何百般無聊的閒人而言，現今的東京已是一座不堪散步的都會嗎？依照從西洋文學中得來的舶來思想，譬如：銀座一隅的「LION 咖啡」模擬自巴黎咖啡屋、帝國劇場上演歌劇等，對於一心一意夢想把整座東京弄成西洋風的人，此種行為或許有利又有趣。不過，對於這種空洞的西洋式偽文明，感到有如森永的洋菓子、女明星的交際舞般拙劣無味之輩而言，東京的都會趣味，使得其尚古勢力不得不退步。當我們看到市谷外城河正在進行掩埋工程，只要無法預測將來會是嶄新又美觀，珍惜之情自然而然會令人想起往昔城河中的馥郁藕花。

我走出四谷見附，站立在蜿蜒外濠的堤岸轉角的本村町坡上，隨著地勢漸次低落，目光所及從市谷經牛込眺望遠處的小石川高台的景色，可謂東京屈指可數的最美麗景色。市谷八幡宮的櫻花早已散盡、茶之木稻荷神社的茶樹籬笆枝葉茂密之時，沿著城濠道路，放眼遠眺牛込小石川高台，看見新綠滴翠的樹梢上，初夏涼爽的雲彩在天空飄蕩時，我毫無來由就會想起以山手這一帶為中心，江戶狂歌勃興的天明時代之風流。《狂歌才藏集》夏之卷中，不也如是說嗎？

首夏　馬場金埒
繁花化為蘿蔔泥　今朝卷雲似鰹魚

新樹　紀躬鹿
花山香袋春過矣　滿眼盡是青葉青

更衣　地形方丸
夏來抽出衣中棉　忽見袖裡春花紙

江戶改稱為東京，當時的東京地圖也還和江戶繪圖一樣，讓足履木屐的我散步時更添趣味。

《江戸名所繪：東叡山寛永寺》，於一八三四年及一八三六年出版的一套江戸地誌。

寛永寺外的立牌記述了東叡山寛永寺的歷史緣起。

●地圖

我記得父親在小石川住家的門牌，寫著第四大區第幾小區幾町幾番地。東京府劃分成現在的十五區六郡，剛好在我出生當時。在此之前，曾經劃分為十一大區。我將成島柳北的隨筆、落合芳幾[2]的錦繪、小林清親的名所繪等和東京繪圖對照，屢屢感覺到有一種接觸明治初年渾沌新時代的樂趣。

散步市中，翻開當代的東京繪圖一看，多處重要的諸侯宅邸大抵已成為海陸軍用地。下谷佐竹宅邸成為練兵場，市谷和戶塚村的尾州侯藩邸、小石川水戶的館第也都成為今天我們所見的陸軍所轄。聞名的庭苑逐漸遭到踐踏。鐵砲洲白河樂翁公的別墅浴恩園及小石川後樂園並稱江戶名苑之冠，如今成為海軍省軍人喧囂聚集、飲酒作樂的俱樂部。從江戶繪圖轉到東京繪圖一看，任誰都會有如在讀法國革命史般深受感動吧！若說有時我們甚至會沉溺於更深的感慨之中也可以。為什麼呢？法國市民不會因為政變而輕易毀壞如凡爾賽宮、羅浮宮般重要的國民美術建築物。雖然，聽聞現代官僚教育經常都是尊孔孟之學、說忠孝仁義之道，然而每每路過御茶之水仰望大成殿大門揭櫫之「仰高」二字，卻看到磚瓦掉落，雜草不除，風吹雨淋任其損壞。然而，竟至世人不以其為怪，吾輩唯有啞然已矣。

譯注

1 大岡忠相（一六七七—一七五二）：江戶時代中期的幕臣、大名。

2 落合芳幾（一八三三—一九〇四）：浮世繪師。

伝法院通り
鎮護堂
(おたぬき様)
伝法院
浅草寺幼稚園
こども図書館
心字池
浅草公園
浅草寺五重塔
宝蔵門
奥山おまいり
馬道通り
花川戸(一)
弁天山児童公園
弁天山
柳通り
仲見世会館
雷門地区センター
浅草駅前通り
公会堂東通り
新仲見世通り
オレンジ通り
グリーンロード
仲見世通り
浅草小
松屋

淺草周邊地圖。

第五 寺

蝙蝠傘當手杖，伴我散步於市中道路。翻開昔日江戶分區繪圖一閱，即知整座江戶無論東西南北皆有甚多寺院、神社分散於四處。若將江戶都中的諸侯館邸、武家屋舍及神社佛閣去除，所剩面積幾乎為零。自明治初年神、佛明確區分以來，特別是近年來的都市更新，不少佛寺遭拆除。儘管如此，至今寺院不僅於市中無所不在，坡上崖下、河畔橋際，到處可見山門及寶殿的屋頂高聳。一座大佛寺附近，常有好幾處被稱為「塔中」或「寺中」的小寺院。甚至有些地方連街町名皆稱為「寺町」，前往下谷、淺草、牛込、四谷、芝各區走一回即可探知。我足履日和下駄漫無目的的散步，自然而然就往寺院多的方向走去。

上野寬永寺的樓閣早已毀於兵火，芝增上寺本堂亦再三遭祝融之災。谷中天王寺僅留下傾斜的五重塔供人憑弔昔日風光。本所羅漢寺的螺堂已傾圮，幸而早將寺內五百羅漢移走，現存放郊外目黑某寺院，故仍可見其大半。今日東京市的寺院可稱得上美輪美奐、眩惑人目者，僅有淺草觀音堂、音羽護國寺的山門及其他二、三處而已。從歷史或美術而言，東京的寺院無法引人興趣，自是理所當然。我並不想有秩序地遍訪東京市內的寺院，也無企圖強要找出不為人知之寺院。僅在路過櫛次鱗比的破舊窮困人家的小巷時，驀然瞥見路邊半傾倒的寺門，心中暗忖此處竟然也有寺院嗎？悄悄佇立門口往境內一窺，青苔滿布、古池水中草花茂密，不由讓人欣喜。此和觀賞京都、鎌倉一帶頗負盛名的寺院迥異，因為散處東京市內的微不足道小寺院，另有一番情趣。此不單純是從寺院建築或歷史所感受到的趣味，換言之，可說近乎觀賞小說中敘景或戲劇中舞台布景般的趣味。當我散步在本所深川一帶護城河邊時，看到汐潮之水漫過低岸溢出道路，貨船或肥料船的苫茨看起來反而比貧窮人家屋頂還高，從其間之間隙望去，驀然眺見彼方有巍然聳立的寺院屋頂時，每每總會想起默阿彌[1]劇中的背景。

　如此充滿臭水溝味的護城河、腐朽木橋和肥料船、垃圾船，還有大雜院房舍所組成的陰慘光景中，眺望寺院屋頂、聆聽木魚聲和鐘聲的樂趣，不僅本所、深川，連淺草、下谷一帶的情景亦是相同。當下我完全脫離近世的社會問題，若是單純就繪畫的詩情畫意來看貧窮街町之光景，東京的貧民窟和西方倫敦或紐約的貧民窟相較之下，同樣於悲慘當中的某處潛藏著一種莫可名狀的寂靜氣氛。尤其是從深川、小名木川至猿江一帶的工場町，從工場建築及無數煙囪吐出來的煤煙、不曾間歇的機器震動聲，略略呈現出西方嚴苛下的悲慘光景，不過窺探尚未變成如此貧窮的他處街町、郊外巷弄或後大雜院裡以佛教迷信為背景，仍然維持自江戶時代傳襲而來的陰暗生活。彼處有怠惰、無責任愚民的疲憊、哀戚和忍從的生活。惟思及近來有所謂政治家和新聞記者，為擴張各自黨派的勢力，甚至來到後大雜院裡強力鼓吹人權問題之福音。不久的數年後，法華團扇太鼓和百萬遍念經聲可能將全部停歇，無疑地於公共用水栓周圍可聽到人權問題和勞工問題的演說喧鬧聲。然而，是幸？抑是不幸？尚未完全文明化的今日，在後大雜院的巷弄內，時而可聽聞巫女的梓弓歌及清元調歌聲，亦可看見盂蘭盆節燈籠及無常的迎火靄煙。此等自江戶專制時代流傳而來的虛幻、閴寂、諦念的精神修養，漸漸被新時代的教育及其他事物所消滅，倘若僅是徒然地接觸覺醒和反抗的新空氣而已，那才是下層社會真正悲慘生活之開始。我深信政治家和新聞記者充分滿足其私慾之時候也將到來。到底何時的世代才是弱者能夠得利之時代呢？弱者忘記自己之弱，輕易為膚淺時代之聲所誘惑，外人看來不可不謂痛心至極。

我非敢為一己之趣味而喜愛古寺、荒煙墓地及其附近的貧窮街町。彼等傳承江戶專制時代的迷信和不理智，為在接觸外在生活時，立刻能夠形成自我精神修養的一大助力。實際上，我每次走過下谷、淺草、本所及深川一帶古寺眾多、溝渠縱橫之街町時，從所見所聞不知獲得多少教訓和感慨。我並非不相信日新月異之近世醫學的醫療效果，也並非不相信電療、放射礦泉的力量。但是，我一思及住在如此不衛生的後街、如虛幻般的人們，至今仍將其生命託付迷信和煎藥，單純地抱著今世只是一場夢的諦念之時，我不得不對醫學尚未發達時代的人們，對於病痛苦難的泰然態度及其生活之簡易，發出深切的敬慕之心。大概沒有比近世人熱切接受所謂「便利」一事更無意義了。東京的書生，認為鋼筆便利，立即如美國人般開始使用以來，在文學或在科學上究竟讓人看到多少進步？所謂電車和汽車，當真為東京市民節約時間了嗎？

我如此喜愛散步至下町寺院及探尋其附近的後街，同時也絕不輕忽山邊坡道旁的寺

上野寬永寺根本中堂。

院。山邊坡道裡，屢屢有聳立於山麓之寺院屋頂和樹木營造出一幅好圖畫。我想再沒有比眺望寺院瓦屋頂更愉快之事。從仰望怪異鬼瓦為始，還有如奔流般傾斜的瓦屋頂，或從上俯視也一樣，都有一種說不出的爽快感。近來，日本人在大興土木時，總想模仿歐美各國建築，依我看來，卻無一座如現在我所仰望寺院屋頂般能夠產生雄壯之美感。我們對於新時代建築之失望，不僅止於建築樣式，還有建築物本身及其周遭風景、樹木的不協調。現代人喜愛使用的紅磚瓦與如松樹、杉樹等濃綠植物，還有光線強烈的日本固有青空，永遠都無法協調吧！日本的大自然，到處都具有強烈色彩。令此與塗料或磚瓦對峙，不得不說是無謀之至。不妨去觀看一下寺院的屋頂、屋簷和迴廊吧！日本寺院之建築，無論位於山中、河畔、村莊、都城等任一處，必定與周圍的風景、樹木，還有天空顏色協調，如此營造出日本固有的風景之美，即為其特色。日本風景和寺院建築相互輝映之下，完全合為一體而無法分離。京都、宇治、奈良、宮島、日光等之神社、佛閣及其風景之關係，暫待日本旅行者研究，在此僅就我們東京市裡幾處尚不足誇耀之寺院來看看吧！

浮現在不忍池的弁天堂及其前方之石橋，對於遮蔽上野山的杉樹、松樹，對於盛開在池面的蓮花，難道不是最協調嗎？雖然有此等草木及此般風景置於眼前，卻又建造出西式建築和橋梁，然後毫不在意地從上方觀看蓮花、緋鯉、小龜子等的現代人心理，終究是我所無法理解。淺草觀音堂和聳立其境內之銀杏老樹、上野清水堂和春日櫻花、秋日紅葉相輝映，在在顯示日本固有植物和建築之間的協調例子。

上野公園內的弁天堂。

不忍池。

●地圖

原本建築就是由人為，不管風土氣候為何，亞洲土地上建蓋歐洲之塔，自是容易之事，至於天然植物，可不隨人意胡亂移植。就此點而言，無情植物遠比任何偉大的藝術家、哲學家，更清楚明白自己。我認為若是日本人對於生長在日本國土的特有植物稍有一點深厚感情，縱使模仿西洋文明，也不致如今日般毀損故國的風景和建築。因為拉電線不方便，絲毫不猶豫就砍掉路邊樹，也完全不在意自古以來的名勝風景或有歷史淵源的老樹，在一旁胡亂建造高大的紅磚瓦屋等現今之狀態，不能不說是從根本在破壞自己國家特色和傳承文化的暴舉。若因此暴舉，日本才能成為二十世紀之強國，那麼為造就外觀上之強國，已經把日本尊貴的內在全都犧牲殆盡。

我在進入上野博物館時，將表慶館旁不可思議還健在的老松樹形體和紅磚瓦建築兩相對照，這就是收藏日本珍貴古美術品的寶庫，真令人有一種怪異之感。走到日本橋大街上，每當我眺望附近以三井、三越為首競相建造的美式高大商店，即感到真是愚蠢之作法啊！倘若東京市的企業家對於何以稱呼日本橋、駿河町之傳說感興趣的話，或許尚能保存如往昔那般從繁華市中即能遠眺日本晴空下富士山的景觀吧！我認為尚保留在外城河土堤的松樹，隨著朝雪、夜月等四季變換之景色，為當今市中最賞心悅目之風景。最近，四谷見附新建一所高大紅色的耶穌學校建築物，我不能不打從心底厭惡。從接觸日常不協調的市街光景，轉身去探訪殘留市內的寺院神社，無論多麼微不足道的堂宇，還是多麼狹窄的境內，莫不帶給我心中無限慰藉。

我探訪市內寺院或神社，最能獲得深邃感覺，與其說是走進境內從近處仰望本堂建

從寶藏門觀看淺草寺本堂。

築，毋寧是穿過路旁的大門，以前方境內的樹木和本堂、鐘樓等屋頂為背景，從長石道的此方靜靜遠眺聳立前頭的中門或山門時。若是淺草觀音堂的話，雷門既已燒卻，那麼就從商店街石道眺望尚殘留的二王門之光景。或從麻布廣尾橋頭眺望道路彼端祥雲寺的山門。或從芝大門一帶道路兩旁塔中的各寺院屋瓦相連彼端，遙望朱紅樓門之光景。我將這般日本建築遠景與在西方所見巴黎凱旋門及其他風景相比較，不知是否氣候或光線之緣故，總覺得日本的遠景看起來較為平坦。就此點而言，歌川豐春等描繪的遠景木版畫，真正充分表現出日本式感情。

我在保持適度距離眺望山門，同時也會走近敞開的寺門，站在門框往內窺探，或走進去從寺院內回首門外，此等光景最具畫趣。我已在《大窪通訊》及其他拙著中，敘述我從寺院門口眺望內外景色，最有趣者為淺草二王門和隨身門一事。此處實無必要反覆贅述箇中趣味。

寺門和本堂建築體必有適度之距離，此實為令入境者因眺望油然產生敬畏虔誠之心而建造。寺門宛如西洋管弦樂之序曲。最初有總門，其次為中門，之後有幽邃的境內，至此才建造本堂。參拜神社也是先有鳥居，其次樓門，然後才至本殿。其間皆保有相應之距離。因為有此距離，才能保有日本寺院和神社的威嚴。若想以美術立場研究寺院、神社建築者，必得先單獨觀看其建築物，然後廣泛觀察境內敷地、全體設計及其地勢。正如高思（Louis Gonse, 1841-1926）和明揚（Gaston Migeon, 1864-1930）等日本美術研究者或旅行者所論述般，即為日本寺院和西方差異之所在。西方的寺院，大抵單獨屹立於道路一旁，至於日本寺院無論多麼小都有門控。芝增上寺的樓門之所以氣派，其門前廣大松林確實有其必要。麴町日枝神社的山門甚為幽邃之理由，不僅其周圍杉木林立，也必須將前方那排高石階列入思考。日本神社及寺院，其建築和地勢和林木確實是相當複雜的綜合美術。若是境內有一棵老樹枯死，整體看起就是一個難以修繕的破損。此種論述，甚至可以進一步擴至京都、奈良之市街，那些貴重的古神社、寺院，對於市街全體的美術效果也必須和其境內等同看待。亦即市街的停車場、旅館、官衙、學校等建築風格，必得處處慎重、小心注意，盡可能不要傷及如市街生命的古神社、寺院的風景和歷史。然而，近年來見到京都的道路、家屋及橋梁之改建工程，完全出乎吾人之意表。無論日本為如何貧窮之國，京都、奈良二都亦應當完全保存下來，若填埋此處僅為致力開拓新領土，就全國整體工商業看來，保存下來應不致有多大損害。為眼前之利，不擇手段急忙踐踏世界唯一的自家國寶，未免顯出過於小國小民之嘴臉。忍不住又犯老毛病邊講些門外漢之話語，邊發一大堆牢騷。各人自掃門前雪，我只當一名足履木屐默默走過後街者即可。莫再多議論！看倌們想必已聽煩了。

譯注

1 河竹默阿彌（一八一六—一八九三）：活躍於江戶時代的歌舞伎狂言作者。

今日東京市中の**散歩**は私の身に
取っては生れてから**今日に至る**
過去の生涯に対する
追憶の道を辿るに外ならない。

今日在東京市內散步，對吾身而言，只是回溯從出生至今的過往生涯之追憶。
——〈日和下駄〉

ワイン
大和
洋傘
モリタ

第六 水附渡船

法國人艾米魯・曼由的著作《都市美論》中所提之趣味事，我的隨筆《大窪通訊》已然敘述。艾米魯・曼由在論及水所具都市美一章中，廣泛從世界各國都市與其河流、江灣之審美關係，進一步談到運河、沼澤、噴水、橋梁等細節，為補不足處，還論及街燈映在水流中之美。

在此，我試思考東京市街和水之審美關係，水自江戶時代持續至今日，仍然為東京保有美麗外觀最珍貴之要素。欠缺陸路運輸之便的江戶時代，天然河流隅田川及與其相通的幾條運河，為江戶商業之命脈自不在話下，非但帶給都會居民春秋四季之娛樂，有時亦醞釀具有不朽價值的詩歌繪畫。然而，今日東京市內的水流已成單純運輸之用，完全失去古來的審美價值。隅田川毋庸多說，神田的御茶之水、本所的豎川為首之市內水流，早已不容我等如古人般風流地從船宿的棧橋乘坐豬牙船，前往山谷至柳島賞玩、或至深川冶遊，亦不能有釣魚、撒網之樂。今日的隅田川無法如巴黎塞納河令人產生美麗感情，亦無法如紐約哈德遜河、倫敦泰晤士河般令人想像富國的壯觀。東京市之河流及其江灣品川的入海處，既不美麗亦不大，亦不繁華，僅是一個極其乏味的景色而已。儘管如此，今日散步於東京市內，較能引人趣味者，依然為有水流、船行、橋梁之處的景色。

隅田川

論及東京之水，首先做一區分，第一品川之海灣，第二如隅田川、中川、六鄉川之天然河流，第三如小石川的江戶川、神田的神田川、王子的音無川等小河流，第四流經本所、深川、日本橋、京橋、下谷、淺草等市內繁華街町之純運河，第五如芝的櫻川、根津的藍染川、麻布的古川、下谷的忍川等美麗名稱之溝渠或下水道，第六層層圍繞江戶城的城濠，第七如不忍池、角筈十二社等水池。另外，江戶時代之水井，如三宅坂旁的櫻井、清水谷的柳井、湯島天神的御福井等，很多自古以來即為江戶名所中屈指可數之處，改為東京後完全為世人所遺忘，甚至其所在地亦是不明。

東京市之海灣、河川、城濠、溝渠，仔細觀察又可分為幾類水——亦即流動之水和淤塞不動之死水，此市確實是一座頗富變化之都會。首先眺望品川的入海處，此處刻在進行築港大工程，將來會成為何種光景，目前尚無法預測。直至今日，我等長年看慣的品川海上，除往房州的蒸氣船和曳著圓圓達摩船的拖曳船外，僅剩與東京大都會之繁華無直接關係的泥海。退潮時，滿目淤泥，靠近岸邊盡是舊木屐、草包、鍋碗瓢盆碎片，還有海蛆群聚蠕動。時而看見有人提著水桶，於此污穢如沼地的溝渠中反覆挖掘抓海蜈蚣。遠處海面上，則是浮標及養殖架突起，從此岸望去宛如垃圾，泛浮其間的牡蠣舟和採海苔的小舟，讓今日強要追憶往昔江戶者之眼中聊添風情罷了。眺望對於現代首府既無實質亦無裝飾用處的品川灣，還有與那八之山相結合的無用御台場，在在呈現已被拋棄過往遺物的悲哀趣旨。縱使在晴日，可眺望與白帆、浮雲共在的安房上總之山影，亦無法激起今日都會人有如花川戶助六[1]念台詞時般豪氣。儘管眺望品川灣之趣味已經與時湮滅了，取而代之應是對新風景的趣味，今日卻尚未形成。

芝浦之賞月、高輪之等待二十六夜已成後世閒聊話題。傳承南品風流的樓台，如今已成為不潔之娼家。明治二十七、八年（一八九四、九五）前後，江見水蔭子[2]以此地娼家為題材所描述之小說《泥水清水》，被評為當時硯友社文壇之傑作，於今回想，令人不得不有那已是描述一個遙遠時代故事之慨嘆。

貨船桅杆和工廠煙囪叢立的大川口景象，與被捨棄的品川景色正好相反，時時映照出西洋漫畫中的一種趣味，往後或許會意外成為某一派詩人之所愛吧！木下杢太郎[3]、北原白秋[4]等諸家某時期之詩篇，不少是從築地舊居留地至月島永代橋一帶之生活和風景有感而發。放眼駛離石川島工場的數艘日本式貨船及西式帆前船，桅杆相接、下錨停泊，自是油然生出一種特別之詩情。當我渡過永代橋時，見到河口忙碌的光景，亦會想起都德（Alphonse Daudet, 1840-1897）描述塞納河貨船生活的那一篇可愛的《拉・尼貝魯捏耶思》。今日的永代橋，早已無任何令人回想辰巳往昔之物。因此，我倒不覺得永代橋改為鐵橋後亦如吾妻橋、兩國橋般醜陋。新鐵橋和新河口的風景，自是相當一致。

那是我十五、六歲時之事。當時永代橋下繫著一艘任其腐朽的舊幕府軍艦，作為商船學校練習船，我和同學經常向淺草橋船家租用小舟，划到這一帶觀賞停泊河中之帆前船，面貌可怕的船長曾經送我等很多椰子。當時聽船長談起他如何駕著小帆船遠渡南洋的故事，宛如閱讀《魯賓遜飄流記》般感動，暗忖將來自己無論如何也要當一名勇猛的航海家。

另外，亦是當時發生之事。我等向築地河岸船家租用一條四挺艪小舟划至遠處的千住，返回途中隨著退潮流到佃島前方，突然撞上一艘揚帆而來的高瀨船，幸好無人傷亡，不過船身撞壞好幾處，槳也斷了一根。我等的父母皆是管教子女嚴厲者，船遊一事亦是瞞著家人，小船歸還時，船家若要求賠償該如何是好？為想出一個善後方法，一行人把小舟拖上佃島沙灘上，邊把船內的水舀出來邊商量對策。其結果打算等天色昏暗，方把小船划回船家的棧橋，在船主人尚未察覺舷上有一大破洞時，眾人拔腿就逃。一群人把小船划到濱御殿石垣下，忍受飢腸轆轆，等到水面全暗之後，方划回棧橋，宛如搶劫般抓起存放店家之隨身物拔腿就跑，頭也不回，一口氣跑至銀座大街方鬆一口氣。當時東京府立中學位於築地，那一帶船家除釣船外亦出租小船。今日沿築地海岸散步，我已無法清楚確認那船家位於何處。僅是二十年前，我少年時代記憶已經無處可覓。東京市街的急遽變化，令人驚嘆！

大川河一帶風景，最有趣味者如方才所述就屬永代橋河口之景色為第一。吾妻橋、兩國橋等之景色，如今雜亂未整頓，不似永代橋可集注感興於一處。以此為例，尚有如淺野水泥會社之工場和新大橋對面殘留之古老火警瞭望台、或如淺草藏前之電燈會社及駒形堂、或如國技館和回向院、或如橋場之瓦斯儲存槽和真崎稻荷之老樹，那些近世工業光景和江戶名所淒涼遺跡，在在都令我感受錯亂。然而，比起過去和現在，亦即頹廢

●地圖

兩國橋。

吾妻橋。

和進步之景象過於混亂的今日大川河，我寧可選擇從深川、小名、木川至猿江裡一帶等業已完全成為工場地區，幾乎無法尋覓江戶名所遺跡之處。大川河從千住至兩國，直至今日依然緩慢地受工業之侵蝕。從本所小梅至押上邊一帶亦是如此，若以新興工場町而言，如今之柳島妙見堂和橋本料理屋，看來反而礙眼。

至於運河之眺望，則不限於深川之小名、木川一帶，無論何處比起隅田川兩岸，整體上皆能引人感興。試舉一例，深入中洲和箱崎町之間的溝渠，從箱崎町永久橋或菖蒲河岸女橋放眼望去，宛如入江口，無數貨船形成村落景觀，薄暮風定、炊煙裊裊，好個江南水鄉澤國之趣！大凡溝渠運河之眺望，最富變化、最具活力處，如中洲之水由各方幾條細流以稍微寬廣之溝渠為中心，形成一處匯流，或如深川之扇橋，長溝渠相互交叉成十字形之處。本所柳原之新辻橋、京橋八丁堀之白魚橋、靈岸島靈岸橋一帶之眺望，為溝渠水流或分或合處、橋與橋交接、水流與水流相激、船與船動輒好似要相撞。如此風景當中，以日本橋為背景，從江戶橋形成菱形廣大水域，一邊由荒布橋連接至思案橋，另一邊往鎧橋望去，結合其沿岸商家倉庫及街上橋頭的繁華雜沓，呈現出東京市溝渠中最偉大、壯麗之景觀。特別是往來於橋上的車燈宛如歲暮夜景，和沿岸燈火相輝映，徹夜搖盪於水波之模樣，遠比銀座街頭燈火更美麗。

溝渠沿岸，到處皆有卸貨場。對於市井生活感興趣者，卸貨場之光景足以讓人佇杖留步。夏日酷暑天，經過天神田鎌倉河岸、牛込卸貨場河岸等，總見到拉馬車之馬兒和馬伕，於河畔大柳樹下打瞌睡。堆滿砂石、瓦片和河土之蔭涼處，必有賣牛肉飯或麵疙瘩攤販。有時賣冰人，亦會卸下冰桶候客。於貨車後方用力推車的車伕之妻，裝扮如男人賣力工作，小嬰兒如棄嬰般置於沙石上。這一帶總有瘦小雞隻搶食掉落地上的米穀，亦有等待從馬屁股掉出馬糞。我見如此光景，必聯想起北齋或米勒，對那些深刻寫實之畫作產生無限感興，當然亦對自己欠缺繪畫心得感到悲嘆。

除上述河流和運河外，有關東京之水美，尚得去探尋由各處下水道會合後漸次形成如川流般的渠道光景。東京的渠道，常有一個和事實相反、幾近可笑的美麗名稱。例如：流經芝愛宕下青松寺前的下水道自古稱為櫻川、如今已完全埋在地下之神田鍛冶町下水道稱為初逢川、從橋場總泉寺後方流經真崎之渠道稱為思川、還有小石川金剛四坂下稱為人參川之類。也許江戶時代因為此等渠道，流經寺院門前或諸侯宅第等受人矚目之處，當地人才會寄予特殊感情而如此命名吧！不過，今日東京稱下水道為川，已經近乎滑稽地小題大做。如此名實不副者，不單止於下水道而已。東京市內各處地名亦有不少為承繼江戶時代或之前的傳說，稍微低窪之地就如千仞幽谷般取名為地獄谷（位於麴町）、千日谷（位於四谷鮫橋）、我善坊谷（位於麻布）等，還有地勢稍高處即宛如巍峨山岳般稱之為愛宕山、道灌山、待乳山等。無島之地亦稱之為柳島、三河島、向島等，無森林之地尚殘留烏森、鷺之森等名稱。首次至東京的各地方人士，常為弄錯電車轉乘站或在市內迷路而大動肝火，也許會因此等地名之虛偽而認為是可憎的都市惡風吧！

原本渠道不過就是下水道罷了。正如《紫之一本》一書中，說明芝宇田川之處：「溜池屋舍下水道，自愛宕下流經增上寺後門匯流。爰此，愛宕之下，家家戶戶下水道亦匯流而入。故於宇田川橋上觀之，雖稍似何川，上流則如是。」自往昔江戶市中，下水道匯流成川者為數不少。下水道匯流成川之水流，或沿道路、或環繞山坡山麓，蜿蜒流動間漸漸寬闊，流至天然河流或入海處，竟能令傳馬船航行其上。麻布古川流經芝山內後方附近後，改稱赤羽川，環繞山中林木及五重塔高聳之山麓，不僅具舟楫之便，紅葉時節宛如四條畫派之繪畫。王子的音無川豐潤三河島之荒野，其末流形成山谷渠道，同樣可泛舟。

下水道和渠道其上之污濁木橋、傾圮寺牆、枯萎矮樹籬笆與貧窮人家相對望，屢屢構成一幅憂鬱的後街光景。如小石川柳町之細流、本鄉本妙寺坂下之渠道、如從團子坂下流至根津之藍染川，此等流經後街之渠道，逢大雨必氾濫成災。渠道流經貧民窟當中，最悲慘之例莫如自麻布古川橋至三之橋間之水流吧！白鐵皮和腐朽板木鋪成屋頂連綿數町，左右濁水肆溢、兩邊屋簷相傾。每當春秋更迭、大雨降下之際，從芝及麻布高台的濁水如瀑布般沖來時，兩岸頓時氾濫成災，漫過屋子的腐朽土台，連榻榻米亦浸泡於水中。雨過天晴，方把泡水家具、寢具、棉被等無數污穢襤褸雜物，有如旗幟般置於兩岸屋頂和窗台上曝曬。裸露黝黑身體的男人、綁著骯髒腰帶的女人，還有背孩子的小姑娘也急忙拿著笊籬、竹籃、桶子，混雜在濁流當中，捕抓富裕人家池中流出之雜魚。過路人從橋上眺望，雨過天晴、豔陽下此情此景，有時反而呈現出一種壯觀。如此壯觀的景致，

古川橋交叉點的溝渠。

●地圖

三之橋。

恰如軍隊行列或舞台上諸侯，分開觀之極為平凡，集合成一大團，則形成一種出乎意料的美麗和威嚴。從古川橋眺望大雨過後的貧家光景，此即一例。

江戸城的城濠為水美之冠。然而，此事以筆敘述莫如以繪畫技巧表現之。因此，我僅舉代官町蓮池御門、三宅坂下櫻田御門、九段坂下牛淵等自古為人讚美之地名留存之。

自古不忍池為池之勝景，今日已無庸置言。每年秋天，我前往觀賞於竹台舉辦之畫展歸途，總覺向岡池中的殘荷在夕陽映照下所形成之天然繪畫，比那充滿世俗氣繪畫作品，更足以令人停杖駐足。我亦深知獨自陶醉於大自然畫趣中，遠比現代美術的品畫論畫更平和、幸福。

不忍池為今日市內僅留最後一座水池。名列江戸名所的鏡池、姥池，今日已無由尋覓。淺草寺境內的弁天山池已成為町家，赤坂溜池被掩埋得無影無蹤。因此，我不得不憂心將來不忍池會陷入同樣危險命運。老樹蒼鬱、林木茂密的山王勝地，山麓有池沼映照其翠綠，才能完全顯現山水妙趣。若從上野之山奪去不忍池之水，等同一個人被砍掉雙臂徒留軀體。隨著都市的繁華，理應更加珍惜、保護由大自然地勢所產生的風景之美。

千葉縣市川市真間川。永井荷風晚年遷居市川市，喜歡沿著川邊散步。

●地圖

都市中自然景色，對於該都市而言，可以帶來非財力可製造出之威嚴和品格。無論巴黎或倫敦，亦看不見如此寬廣且開滿清香蓮花之水池。

有關都市之水，最後想來提一下渡船。隨著東京都市逐漸整頓，因有橋梁之便，渡船於不久後應該會被廢棄吧！上溯江戶時代而觀之，元祿九年（一六九五）架設永代橋後，號稱大渡口的大川口渡船頭，僅留殘跡於《江戶鹿子》、《江戶爵》等古書上。同此的御廏河岸「鎧渡」為始的市內諸多渡船頭，隨著明治初年架橋工程竣工而不見蹤跡，如今只能從浮世繪中略窺當時之光景。

然而，現在渡船頭並非已在東京市內絕跡。以兩國橋為界，河川之上有富士見渡船頭，河川之下有安宅渡船頭。月島填海工程竣工同時，築地海岸將出現新建曳船之渡船頭。向島有眾所周知的竹屋渡船頭，橋場有橋場渡船頭。本所豎川、深川小名木川一帶之河川，亦有幾處以和船擺渡的小渡船頭。

鐵道之便把出生於近世的我等感情中，所謂羈旅的純樸、哀傷之詩情完全奪走般，橋梁亦將從不遠的近世都市中，把渡船那種古樸而緩慢的情趣去除吧！今日世界都會中，尚保留渡船古雅之趣，僅剩日本東京一處吧？雖然美國都市有可以裝載火車的大型渡輪，卻沒有竹屋渡船頭那種被河水洗出美麗肌理的木造船、橡木艪、竹棹等如畫般渡船。我絕非對向島的三圍、白鬚等地架設新橋而感到哀傷者。我僅希望如同無論有無兩國橋，仍保留其上下渡船頭般，隅田川及其他河川亦永遠保有昔日之渡船。

渡橋時，喜愛從左右欄杆看浩浩流水者，更能理解下岸坐於渡船當中，與飛遊水上海鷗共搖於煙波之上，緩緩抵達對岸之愉悅吧！儘管都市大道上有橋梁之便，可自由通車，佇立岸邊等待渡船的心情，類似儘管有亮麗柏油大道，卻愛走後街小巷弄之樂趣吧！渡船，與搭乘汽車、電車飛馳的東京市民之外在生涯無多大關係。然而，渡船給予那些不在意消費時間、背著沉重包袱輾轉於市內步行者極大休憩，還有給予我等這般閒散漫步者，於近代生活中無法玩味之感官慰藉。

木造渡船和年老船伕，為現在和將來的東京最值得尊重的骨董之一。和老樹、寺院、城牆一樣，無論如何都應保存的都市之寶。都市如同私人住宅，當然會因順應時代生活而經常改建。然而，如同我等去探訪人家時，看到座席床之間的優雅家傳書畫，不禁會對主人肅然起敬。都會亦應於不具活動性之其他方面，極力保存自古流傳之古蹟，以保有其格調。就此點而言，渡船一事不能以為是我等個人褊狹的退步趣味而論之吧！

譯注

1 花川戶助六為歌舞伎之人物。
2 江見水蔭子（一八六九—一九三四）：小說家、翻案作家。
3 木下杢太郎（一八八五—一九四五）：醫生、詩人、劇作家、翻譯家、美術史家。
4 北原白秋（一八八五—一九四二）：詩人、童謠作家。

柳橋旁的屋形船。

天然の河流たる隅田川とこれに通ずる幾筋の運河とは、
いうまでもなく江戸商業の生命であったが、
それと共に都会の住民に対しては
春秋四季の娯楽を与え、
時に不朽の価値ある詩歌絵画をつくらしめた。

天然河流隅田川及與其相通的幾條運河，為江戸商業之命脈自不在話下，非但帶給都會居民春秋四季之娛樂，有時亦醞釀具有不朽價值的詩歌繪畫。

——〈水 附渡船〉

《隅田川兩岸一覽：元柳橋》為浮世繪畫師葛飾北齋於一八〇六年的作品，描繪了江戶時代隅田川兩岸的繁華景象。

第七

小巷

從鐵橋和渡船的比較，令人想起光鮮亮麗的大街和隱藏其間的小巷之風情。仿自西洋式樓房的商店林立的大街，如同有電車來往的鐵橋之趣味。與此相反，日陰薄暗的小巷宛如渡船般帶著深深哀愁之情趣。式亭三馬[1]的滑稽本《浮生床》的插圖中，載有歌川國直[2]描繪小巷口的景象。歌川豐國[3]描繪那時代（享和二年〔一八〇二〕）所有階層女性的風俗畫《時勢妝》，亦有描繪小巷的景象。小巷一如浮世繪所見，今昔未變，為庶民之棲息處，潛藏向陽大街上看不見之種種生活。有寂靜居者之無常。有隱居者之平靜。亦有失敗、挫折、窮迫的最終結果——怠惰和無責任之樂境。既有卿卿我我的新婚者，亦有冒死私通的冒險者。雖然小巷又窄又短，卻極富趣味和變化，宛如一部長篇小說。

今日東京之大街，從銀座至日本橋，當然尚有從上野廣小路、淺草駒形通為首之街町，由於到處皆是仿造之西洋建築物、塗漆招牌、孱弱之街道樹、肆無忌憚隨處豎立之電線杆，還有令人眼花撩亂的電線網，自然已失去具有寂靜美江戶街道之整齊，然而至今亦無法進入具有音律動感美之西洋街道行列。對於此種半弔子街道，若不借助風、雨、雪、月和夕陽等，終究無法引發藝術之感興。走在大街上不斷襲來的不快和嫌惡之情，即是令我對隱藏於日陰下小巷光景感興趣之最大理由。

論及小巷為何物？有寬至可通人力車如小路，亦有窄至如小倉庫或住家小窄間勉強僅容一人通行。因其住民的階級職業，小巷自是呈現各種不同型態。日本橋附近的木原店，從懸掛方燈櫛比鱗次之飲食店時代至今，被取名為食傷新道。從吾妻橋前方稱為東橋亭的演藝場一隅，進入花川戶小巷這一帶，為藝人、戲子，還有技藝師父等聚集之地，令人不禁想起往昔的猿若町新道。夜店喧鬧的八丁堀北島町之小巷，一邊為說書座席、一邊為娘義太夫之舞台，兩側相向。娘義太夫支持者打拍子聲，還有每晚說書人拍打扇子的響聲此起彼落。沿兩國廣小路鋪石板之小巷，日常用品雜貨店、袋子店、煎餅店等各式各樣小賣店，熱鬧模樣，望之好似無屋頂之勸業場走廊。橫山町一帶，有一條鋪著漂亮石板小巷之兩側，因是連綿不斷的長門筒煙袋、還有製作毛筆等批發商，小巷一帶好似倉庫之處。允許藝妓出入之町的小巷，自是豔色無邊。此種類當中，我認為比起新橋、柳橋，毋寧說新富座後門一隅及其附近溝道夜景和戲棚背後之景象更饒富趣味。最長、最錯綜複雜之小巷，當屬宛如迷宮的葭町的藝者家町吧！小巷之內，既有倉庫般之當鋪，亦可見到有德之士隱居處所之板牆。拙作《隅田川》小說中，所描述小巷某處為筆者親眼

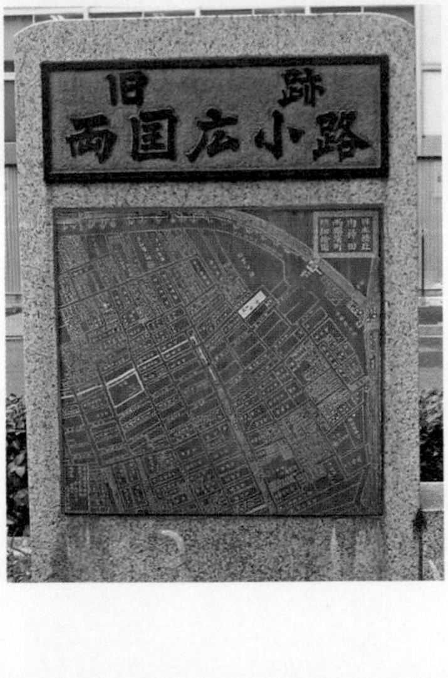

兩國廣小路紀念碑，位於現今靖國通與柳橋交叉點，碑上刻有《日本橋北內神田兩國濱町明細繪圖》（一八五九年版）。兩國廣小路為江戶時代兩國橋岸上十分繁華熱鬧的街道。

●地圖

淺草二丁目。

テナント
募集中

所見之情景。

小巷光景之所以引發我興趣，為基於觀賞西洋銅版畫及我國浮世繪，培養出一種應稱為庶民畫趣之藝術感興。行走於小巷，佇立望向前方，從此方兩側屋舍幾乎相接連遮天蔽日下那一條陰溼、微暗空隙，望向遠處之彼方，雖然被切割大街正好和小巷寬幅一般大，看來卻是明亮又熱鬧啊！特別是大街對面，陽光普照，風吹柳枝，廣告旗幟搖曳，其間往來人影時隱時現，看來好似燈光燦爛的戲劇舞台。入夜後，從此方幽暗小巷深處，望向燈火淒迷之大街，另有一番趣味。沿河街道小巷，不時從其出口回顧，不僅能看見河岸大街，亦能望見大橋欄杆及往來貨船帆影一角。如此光景，堪稱逸品中之逸品。

無論如何精密的東京市地圖，亦無法把小巷明確標示出來。從何處進去？從何處出來？或何處為死巷？何處能夠通行與否？小巷住戶方能明瞭，而非走過一、二次者能夠輕易知曉。小巷往往有一個自江戶時代傳承而來之名稱。如中橋之狩野新道，如此具有歷史淵源之處亦不少。然而，此僅為久居當地者之間的稱法，經由東京市當局承認並公開使用之街名，恐怕無一處吧！換言之，小巷永遠僅存在於庶民之中且僅為庶民所了解。如同貓狗出沒於斷垣殘壁間，自然地做出僅有該種族才能走之通道般，無法將家門對向大街之庶民，在大街與大街間走出適合彼等棲息之小巷。小巷非由市政當局公然經營之物。此與都市之風貌、體制、風格全然無關的一個別世界。於此，不必擔心會有貴人馬車或富豪汽車響聲驚醒午睡之夢，夏夕有裸露上身坐在格子門外乘涼之自由，冬夜有坐在炬燵[4]聆聽鄰家彈奏三味線之樂趣。縱使不買報紙，世間事亦可從多嘴多舌的三姑六婆口中詳細得知，不必拜託患有喘病老人，其咳嗽聲自可退治半夜之賊徒。如此小巷，宛如一部於難言的生活悲哀中，兀自伴隨著深刻滑稽樂趣的小說世界。然而，所有一切永遠和此世界之世俗感情、生活，還有構成此世界的格子門、水溝蓋、曬物架、柵欄門、防護措施等道具相互一致。就此點，不能不說小巷乃是一個渾然調和之藝術世界。

譯注

1 式亭三馬（一七七六—一八八二）：江戶後期作家、浮世繪師，著有《浮世風呂》《浮世床》等書。
2 歌川國直（一七九三—一八五四）：江戶後期浮世繪師，師事歌川豐國。
3 歌川豐國（一七六九—一八二五）：江戶時代浮世繪師。
4 日本的暖氣器具，桌上鋪被，熱源來自桌面裡部。

第八
閒地

於市中散步之際，剛好和上一章敘述之小巷同樣引人趣味者，尚有一事，乃為閒地。市中繁華街道之間，長滿葫蘆花、旋花、鴨蹠草、車前草等雜草之閒地。

閒地本就不拘時間、場所，偶然就出現，若非土地販子，我等甚難預知市中何處有何種閒地。僅有行過現場，方能見到閒地。不過，閒地亦毋須刻意尋找，市中到處可見。直至今日長久雜草叢生之閒地，如何於整地後立即大興土木？不知不覺間鄰家之屋舍被剷平、或一場大火，此處又是一處閒地。一陣雨過後，雜草萌芽、開花，倏然間蝴蝶、蜻蜓、蟋蟀等或飛舞或跳躍一如原野，形同無外籬，行人雜沓，木屐踏出小徑縱橫，白晝為孩童遊樂場，夜間則為男女密會所。夏夜，亦有閒地因而成為素人相撲之處。

市中繁華街道之倉庫和倉庫間，尚有貨船擁擠水道附近之閒地，今昔皆然，同為染料屋之晾曬場或紮細繩之紡線場。映入我眼中之光景，直接令我想起北齋之畫題。有一次，前往位於芝白金之聖瑞寺聞名的黃檗宗禪寺時，見到一名男子於山門前之空地，不停轉動紮細繩之紡車。此景和荒涼寺院山門及其附近窮苦人家相對照，我的腦海中浮現俳人寶井其角前往茅場町藥師堂旁草庵後方、蓼花盛開之閒地，有一名喚文七之男子正在轉動紮細繩紡車，紡車響聲混著白晝蜩蟬聲，聽來特別動人，因而寫出如下俳句之風流故事。

文七莫踩　庭中鍋牛
紮繩暫歇時　哀哀蟲鳴聲
空地曬細繩　似琴柱雁落

此事被晉子寫在俳文集《類柑子》裡，收錄於題為〈北之窗〉章篇中。《類柑子》乃是我喜愛閱讀的書籍之一。

我尚未讀中學時，東京到處有廣闊閒地。神田三崎町之教練場遺址，傳說有殺人及自縊事件，傍晚後無人敢從彼處經過。小石川富坂一側為砲兵工廠之防火地，林木茂密的凹地，溝渠之流水如小河般美。雖然下谷佐竹原、芝之薩摩原等舊諸侯宅邸遺址皆已成街道，卻仍保有「原」之舊名。

銀座大街之馬車鐵道開通後，自數寄屋橋經幸橋至虎門之間外城濠，尚保留往昔石垣時，如今日比谷公園乃是一處望不到盡頭之遼闊閒地，夕陽照在冬天乾枯雜草之景色，令人好似見到武藏野於眼前。比起彼時已成大名小路遺址的丸之內三菱原，而今幾乎皆已成為紅磚瓦公司行號，彼時尚有很多閒地。我行過鍛冶橋進入丸之內時，總愛眺望東京府廳前方廣闊的閒地。為什麼？那處閒地於茂密雜草間有好些如水池般大之水潦，水面浮現美麗夕陽餘暉、藍天雲彩。我總覺如此被廢棄荒地，宛如多次觀看之中國南方殖民地後街或美國西海岸新市街。

櫻田見附外之兵營遺跡長久成為閒地被廢棄。邊走在參謀本部下濠溝岸上邊眺望，於閒地稍高處，可見被雜草、常春藤遮蔽的傾圮殘留石垣。從帶著古色之石頭及其堆砌方式看來，不禁令人想起大名宅邸聳立之往昔。與此相同，當我面對霞關坂，望見至今還有一、二棟荒廢磚瓦平房時，對於將御老中、御奉行等官名改為新參議、開拓使等之明治初年，時至今日反倒有一種淡淡孤寂之感。

明治十年（一八七七）時，小林清親翁寫生東京風景之水彩畫，所製成木刻版畫《東京名所繪》中有題為〈外櫻田遠景〉者，即為描繪遠方林木間可見到之兵營正面。當時東京都下平民百姓仰望建造在新皇城門外的西洋建築，不知懷有多麼好奇之念及崇拜之情啊！那種感情以新畫工，換言之，即為帶著稚氣的新畫風和古味的木刻印製技術，淋漓盡致地躍然紙上。就表現時代感情而言，小林翁的風景版畫不能不說具有甚高價值之美術作品。去年，木下杢太郎氏在《藝術》第二期，已發表一些對小林翁風景版畫之新研究成果，木下氏親自調查小林翁經歷，試想對其藝術有更詳細之研究。

小林翁的東京風景畫和古河默阿彌[1]的世話狂言《筆屋幸兵衛》、《明石島藏》等並列，同為窺知明治初年東京狀況之無比珍貴資料。從明治維新當時至憲法頒布的明治二十年（一八八七）之間，今日吾人回顧當時東京市街及其風景變化，風俗、人情、流行之變遷等所有一切，甚為有趣。我那滑稽的日和下駄散步，總是沿江戶遺跡方向，屢屢努力去探尋明治初年之東京。然而，小林翁版畫所描繪當時新東京景象，僅只不到二、三十年間，隨著不斷不斷發展為第二新東京，逐漸不留半絲痕跡地湮滅了。明治六年（一八七三）拆除筋違見附，以其石材所建造的眼鏡橋及同形式之淺草橋，如今皆以鐵橋取代之。大川端的元柳橋及其臨水之際所栽種的柳樹，皆已消失無蹤，取代百根木樁則為不具風情的石垣。若以小林翁所繪《東京名所繪》參照今日東京市內，尚保存當時光景者，僅殘留虎門的舊工學寮之磚瓦屋、九段坂上之燈明台、日本銀行前的常盤橋及其他數處而已。官衙建築物一如明治當初者，僅有櫻田外之參謀本部、神田橋內之印刷局、江戶橋邊之驛遞局等屈指可數幾處罷了。

從閒地談著談著，話題在不覺不知間轉到奇妙方向了。

其實，閒地和古老都市之追憶，並非全然無關。芝赤羽根之海軍造兵廠遺跡，現已成為幾萬坪之閒地。現位於蠣殼町之水元宮，原本乃是位於眾所周知的有馬侯宅邸遺跡內。在一立齋廣重《東都名勝》的〈中赤羽根圖〉裡，可以看見沿柳條茂密的寂清赤羽根川河堤，大名宅邸之屋舍綿延不絕。其屋頂上描繪出幾條進奉水元宮之幡旗，正在閃閃飄動。在此圖中的海鼠壁屋舍和朱漆御守殿門，直至去年春天尚是半傾圮狀態，昔日影子仍在。今年拆掉其內磚瓦造兵廠後，所有一切已經煙消雲滅。

彼時——今年五月之事。友人久米君突然告知有馬侯宅邸遺跡內，至今尚保存名聞遐邇的貓騷動古塚，問我是否該前去探訪？當時我方從慶應義塾歸來，踏著日和下駄就跟隨久米君前往。自從造兵廠拆掉後已成閒地，來往行人雜沓的腳步踏出縱橫小徑以來，貓塚之傳說不脛而走，已有二、三家報社取材報導。

我等二人佇立於沿三田大街外圍渠道邊，正在尋找該從何處進去才好？不過板牆既無破洞，護溝又寬，實在很難跳躍過去。在閒地外圍邊看邊繞，甚至繞到赤羽根河邊，甚為惱怒。雖說如此，又折回方才經過之酒屋一隅，爬上坡，繞到閒地後方，仍是無計可施。此處閒地出乎意料中遼闊。後來於閒地角落覓到一處門口掛著「恩賜財團濟生會」牌子的出入口，不得已之下佯稱有事，於是自那處進入。其內如同自其外路過所見般寂寥，看不出有人看守模樣。我等亦安心地先自紅磚主屋繞了一圈，走到後門一看，上下僅剩二道鋼筋網撐住，廣大閒地正方，從茂密鬱蒼老樹延伸過去有一座丘陵，山麓有一處大水池，許多孩童和男人手持釣具十分喧鬧。看到此意外景象，久米君興趣盎然，很快挽起夏衣下襬和袖子，輕巧地鑽過鋼筋間，走到對面。那日，不巧我手抱一包方從學校圖書館借來之重重書籍，另一手則持蝙蝠傘。不僅如此，我身著已故父親留下之藍縞仙台平夏褲，儘管把夏褲勒至胸口高，依然不斷滑下來。久米君看不下去，從鋼筋那方把沉重書籍和蝙蝠傘接過去，我用力夾住日和下駄帶，把綢外罩高高挽起，抓住夏褲兩端，雖然我此等比常人高之身長，亦絲毫不費力地從鋼筋上方跨過。

兩人快速走過閒地上草原，急忙來到釣魚人群聚集的古池邊。自古池後方高聳之山崖，還有樹枝垂落水面的老樹、岩石之配置來思考，昔日在此建造久留米二十多萬石城主之公館時，水池面積好像應該比現在大二、三倍，山崖中間好似也應該有美妙瀑布飛落吧！我所看過的書籍和繪畫中江戶時代幾座名園之模樣，雖是朦朧，卻已在我心中描繪出來了。那與我等同時誕生的明治時代之所謂文明，其實是毫不吝惜摧毀此些美術建物、兵營及兵器製造場，此種下場正是英明果斷壯舉之結果，今日更加深切感受。

池邊周圍很熱鬧，連淺草公園的釣魚池亦望塵莫及。聽說除泥鰍和鯽魚，有時尚有大鰻魚上鉤。我等繞過水邊，攀上通往山崖方向之小徑，大樹根上坐著一位老爺爺在販賣釣具、糖果、麵包等。老爺爺見機行事的敏捷生意頭腦，讓我等不得不聊表敬佩，站到他面前詢問貓塚一事，老爺爺一派熟門熟路模樣，詳細告知從山崖那方林蔭小徑前往，還說如今貓塚僅剩一座石台。

無論到何處的名勝古蹟，大抵都是「原來如此啊？」之無趣情景。不過，沿著方才得知的道路走，周邊光景及隨之而來的感情，足堪作為他日話題。一看有馬家之貓塚，比起老爺爺所言情況更糟，不過是些石頭碎塊而已。那果真是貓塚的石台嗎？亦不甚明白。我等佇立於眼下可俯視部分舊造兵廠建築物之山崖角落，只覓得縱使白晝也亦是樹蔭蔽日的老樹根，還有雜草深埋的山崖中一、二塊落石。然而來到此地，其山崖小徑及周邊光景，令我等有不虛此行之欣喜。實際上，我做夢都未想到今日之東京竟然還保有如此幽邃的森林。椎木、柳樹、橡樹、杉木、大椿等大樹之間，栽以石楠、八角金盤等庭院樹種，由於多年未整理，宛如野生樹林般，重重疊疊、枝幹盤旋交錯。時序為五月初夏，此處的樹木皆為枝幹彎繞，厚重綠葉遮蔽其上，氣味難聞的不知名寄生木則從大樹瘤和樹幹間，冒出如毛髮般低垂之長葉子。小鳥全然不畏遠處電車之噪音和近處崖下釣魚人群之喧鬧聲，小鳥尖銳的鳴囀聲於樹梢之間回響。我等兩人一任雜草露水弄溼褲裾，從微暗鬱鬱林木一隅，透過綠葉的枝幹間，看到遠方遼闊閒地周圍，到處皆有殘留傾圮圍牆，夏日陽光照射下顯得更加明亮，一種莫名惆悵和怨哀令人不忍離去，久久佇立。我等並非對已遭破壞的有馬侯舊苑哀嘆。一度遭破壞之遺跡，經過多年歲月而成為洋溢荒蕪詩趣之閒地，最近卻因什麼新規劃恐怕即將剷除此片林木和雜草吧！我等預想到此事，不得不深深嘆息。

我喜歡雜草。我喜歡雜草的程度不下於三色堇、蒲公英等春草，亦不輸於桔梗、女郎花等秋草。我喜愛閒地上繁茂的雜草、長在屋頂上的雜草、長在路旁溝邊的雜草。閒地即為雜草之花園。莎草的穗子如絹般細美，比狗尾草的穗毛更柔軟；馬蓼之花為暖和的淡紅，車前草的花清爽中帶蒼白，繁縷的花比砂細小而純白，一一端詳，雜草有種令人難以捨棄的風情，不是嗎？但是，那些雜草在和歌中不被吟唱，宗達、光琳的畫中不被描繪。只有江戶平民文學——俳諧和狂歌才開始將雜草寫進文學作品。我無法不喜愛喜多川歌麿[2]《繪本蟲撰》的理由，因為這位浮世繪師將南宗畫家、四条派畫家絕不描繪、極為鄙俗之花草和昆蟲畫入寫生畫中。僅此一例，可知俳諧、狂歌、浮世繪自古全然被貴族趣味的藝術所輕視，另一方面卻自由吸取養分將其藝術化而立下大功績。

最近，我覺得比起數寄屋橋外、虎門金毘羅社前、神田聖堂後方及其他諸處新建公園內的樹木，路邊閒地上盛開之雜花、雜草更有一種說不出的興味和情趣。

戶川秋骨[3]君的《其儘之記》一書中，有〈霜之戶山原〉一章。戶山原為舊尾州侯御下宅邸的所在地，其內之名園荒廢後成為陸軍戶山學校，附近則為射靶場。這一帶隸屬豐多摩郡，直至最近皆為賞杜鵑花之名所，儘管郊外年年皆有人口稠密的所謂新開發街町，唯有射靶場至今依然故在。秋骨君曰：

　　戶山原為東京近郊罕見之遼闊土地。從目白最中央至巢鴨瀧川之平原，更殘留廣大武藏野之趣。然而，此平原上皆經耒耜之利，已成富饒耕作農地。因而，雖有田園之趣卻乏野趣。所謂戶山原，雖稱之「原」，多少有些高低不平，且林木眾多。亦有雖不大之喬木林立而成叢林之處。此地絲毫無人力之加工，皆為大自然之原貌。若想知當初武藏野之趣，可至此處求之。高低之遼闊土地，盡為雜草所覆，春日適於摘草兒女自由遊樂，秋日可任雅士隨性散步。無論四季何時，皆有習畫學生絡繹不絕，攜帶畫布到處寫生。誠謂自然之一大公園。最健全之遊覽地。其大自然和野趣，為郊外他處所無法覓得。凡今日之情勢，一旦有餘地，隨即大興土木，或毫不躊躇加以耒耜。然則，大久保一帶如何能夠幾乎保持自然之原野風貌？不可思議者，實乃拜俗中之俗的陸軍之賜。戶山原為陸軍用地。其中一部分為戶山學校之射靶場，一部分作為練兵場之用。然而，大部分幾乎為無用之地，任由市民或村民蹂躪。騎兵由大久保柏

●地圖

代代木公園前身為陸軍的練兵場地，一九六四年改建成東京奧運的運動員村，後於一九六七年再改建為公園。

木之小路結隊奔馳，甚為喧囂。不！非喧囂，而是令人憤怒。天下大道為吾物之神情，趾高氣揚之作風，令吾等平民甚為不快。然而，令人不快之大機關，卻為我等在戶山原保有古來武藏野之風貌。如此思來，世上竟有如此不可思議之贖罪者。一利一害之間，如今我對報應一說有更深之感觸。

秋骨君所言之處，甚得我意。此種說法直接移到代代木青山練兵場、高田馬場等亦可適用。能夠在沐浴於晚秋夕陽中之高田馬場黃葉林中徘徊，或在晴冬朝陽中眺望覆雪之富士山，此等皆拜俗中之俗的陸軍所賜，不是嗎？

我沿著往來慶應義塾之電車道，經信濃町權田原，穿過青山大道，來到立著寫有「三聯隊裡」之紅色棒棍一帶，沿途大建築物盡屬陸軍所有，電車內乘客、街道行人盡是好似兵卒或士官模樣，我深有世上一切盡屬陸軍之感觸。同時，在權田原林間眺望初夏新綠，在三聯隊裡和青山墓地間之土堤、草原眺望春日嫩草或秋日芒穗，對於秋骨君所謂報應一說，真是心有戚戚焉。

以四谷鮫橋和赤坂離宮之間的甲武鐵道線為界，有一片荒草萋萋之防火地。初夏夕暮，我前往四谷街理髮廳之歸途或外出購物時，轉到人稱法藏寺小路或西念寺小路一帶，寺院眾多的小路，從車子無法通行的急陡坡走下來，往鮫橋谷町貧民住家的一條道路隨性而行，不覺中來到防火地，眺望此處之嫩葉、雜草和夕陽餘暉。

這條散步道路程短，頗富變化外，不少處亦很合我那褊狹的畫興。第一為鮫橋貧民

西念寺附近的墓園。

●地圖

新宿四谷西念寺本堂。

窟之地勢。夾在四谷和赤坂兩區高地谷底之貧民窟，和以溝渠、肥料船和製造場為背景的水邊貧家相對照，此處可稱為以山坡、山崖和林木為背景之山城貧家代表吧！佇立四谷山坡上，透過林間的寺院和墓地後方，往對面崖下望去，可見貧家的鐵皮屋頂亂糟糟地重重疊疊，其間還有破爛衣物閃耀於陽光下、隨風飄蕩。初夏的美麗晴空，山崖雜草萌芽鬱鬱，四周林木鮮綠欲滴時，眼下貧民窟的鐵皮屋頂，看來好像更雜亂無章，彼等生活甚至不曾從草木等大自然中受惠，只徒增悲慘之色。冬日霪雨霏霏之夕暮，殘破障子門映出之燈影、鴉啼墓地之枯樹，毫不留情地共同營造出褪色的冬日景色。

從這暗鬱角落越過僅有一道鐵路線之隔的對面，有一塊寬廣的防火地，沿著赤坂御所土牆乾御門為中心的一條長坡道，可以攀爬至遠方的青山。雖說平日少有人跡，古風的練牆4及遮蔽練牆的樹木，看來特別高雅。某年夏日夕暮，我在靠近御所防火地長有四、五棵貓柳一帶，聽到有如降雨之水聲，竟然毫不恐懼毒蟲，踏開草叢往前走去，意外發現柳蔭下山邊高地茂密蘆草，隨晚風搖曳。可能是從御所流過來的水，落在如井深的窪地形成一個大堰壩，看起來好似瀑布。入夜後，想必是螢火蟲群飛舞。雖然我對夏日漫長黃昏及皎皎月光感到遺憾，還是返回來時的鮫橋方向。

一度曾傳出若是萬國博覽會在代代木原舉辦，西洋人坐著往返四谷和代代木間電車，從窗子看到如此髒亂之貧民窟，實為國家之恥辱，因而有東京市當局打算拆除鮫橋貧民窟之傳言。不過，萬國博覽會因日本的繁榮假象無法籌措資金而告吹，鮫橋至今未被拆除，西念寺陡坡下依然並列著塗料斑剝的鐵皮屋頂。原本貧民窟就無法為都市增加美觀。

然而，縱使被來觀賞萬國博覽會的西洋人看見，亦不至於有任何難堪。沒有比官僚思考事物更愚蠢者。至於有關東京之都市景觀、日本之國家體面，與其拆除貧民窟，毋寧先拆除市內隨處可見之銅像更急迫。

我所知道的現今之東京閒地，大抵如上所述。近二、三年來，我住家外頭的舊市谷監獄署之閒地逐漸擴大，不過從今年春天在原死刑台上豎立觀音像後，漸漸成為街町，甚至還有不久藝妓即將進駐的傳言。

目前，芝浦的掩埋地尚未建造房舍，亦可視之為閒地吧！現在東京市內之閒地當中，可廣闊瞭望者，除此外無他。夏夜，明月自海上升起時，遼闊閒地上之雜草一望如煙、恍若霞光，遠近貨船帆柱之景色，令人不忍離去。

雖然，東京市的土木工程用盡方法，不斷破壞東京市的風景，所幸雜草尚可在被燒盡、連一棵樹都沒有之閒地上，如綠色柔軟的地毯般延伸，月光照耀下，其上之露珠如刺繡。吾等這般薄倖詩人，身處黃塵滾滾之都市，比在田園更深受「自然」之惠，不得不心存感謝。

譯注

1 即為河竹默阿彌。
2 喜多川歌麿（一七五三—一八〇六）：江戶時代的浮世繪師，擅長美人畫。
3 戶川秋骨（一八七一—一九三九）：評論家、英文學者、翻譯家、隨筆家。
4 練牆為瓦和泥交互相疊，最後覆蓋瓦片之牆，為江戶時期「武家屋敷」特徵之一。

第九 懸崖

眾多江戶名所指南書記，其中最古老者當屬《紫之一本》及《江戶惣鹿子大全》等，書中皆以坡地、山丘、窪地、溝渠、池沼、橋梁等分類，以說明江戶之地理古蹟和名所。然而，此種分類當中，把日比谷、谷中、澀谷、雜司谷等列入「山谷」，此種以文字遊戲趣味而來之地名為分類，而非以實際地理來分類之個所尚不少。因此，從江戶輕文學的任何領域中必然會發現其各自之特徵。

我不期然已將自己對於東京之水、小巷及閒地之趣味分別記述，此處再增添「懸崖」一文吧！

懸崖和閒地、小巷一樣，令我的日和下駄散步平添不少趣味。為什麼呢？懸崖上之野細竹、芒草交雜薊草、虎葛等各種雜草叢生，其間有清泉湧出、有地下水似河川般潺潺流瀉。尚有眾多好似將掉落般傾斜長於崖間之樹幹、樹枝，特別是樹根之形狀等，別有一番繪畫之趣味。縱使不長樹、不長草的不毛之處，東京市內的懸崖陡峭，沐浴於夕日餘暉之赤土，望之彷若堡壘，呈現如是之悲壯。

自古以來，東京市中好似即無一處以「崖」而命名。《紫之一本》及其他書籍，雖有窪地、山谷等分類，卻無懸崖之篇章。不過，若從高低之差相甚的東京地勢而思考，無疑地懸崖為今古未變、聳立於市中諸處。

從上野至道灌山、飛鳥山之高地側面，當屬懸崖中最為壯觀者。阻隔神田川的御茶之水絕壁，原本即有小赤壁之稱，當屬懸崖中最具繪畫性之實例。

自小石川春日町至柳町、指谷町之低地，可望見本鄉高台電車未開通前，亦即東京市地勢和風景尚未似今日般被破壞時，到處皆為草木茂密之懸崖。自根津低地，仰望彌生岡和千馱木之高地，此處亦為絕壁。沿絕壁頂端，有一條自根津、權現通往團子坂之道路。我往來東京市內，無一條道路更勝此路之趣味。此路一邊為樹林和竹叢遮蔽，白晝亦顯昏暗，一邊則為走來彷彿即將墜落，俯視足下，透過懸崖中之林木樹梢，可見如谷底之低處人家的小小屋頂。不過，其前方卻為一望無際的遼闊天空，自由自在的浮雲飄逸不定。左側為綿延上野、谷中之黑森林，右側為神田、下谷、淺草一帶之開朗市街，因距離遙遠從中傳來的街巷嘈雜聲，聽來格外柔和，令人不禁想起魏爾蘭[1]的詩句：

那和平的響聲，
來自街道……

當代碩彥森鷗外[2]先生宅邸即在此道路、近團子坂頂出來之處。聽聞佇立二樓，憑欄遠眺，越過市內屋頂可遙望海面，先生因而將此樓命名為「觀潮樓」（後又聽聞此即為團子坂又名汐見坂之由來）。我很榮幸多次於觀潮樓拜見先生，可惜多為夜間，不曾

有登樓觀潮之機會。不過，我確曾聽過令人無法忘懷之幽遠深邃的上野鐘聲。那是白日殘暑未消的初秋夕暮之事。先生或許尚在用餐中，我由接待人帶至觀潮樓，暫時留我一人獨處。記憶中，樓中有八張榻榻米大和四張榻榻米大房間二間。其中一間的壁龕上，掛著好似有什麼來由的大幅石拓「雷」字，其下則為看似古中國陶器的六角花瓶，瓶中未插任何花，反倒顯得嚴正而冰冷。整體房間內，除壁龕上之掛軸及花瓶外，其他未置任何一物。既無匾額，亦無擺飾。我惶恐向四張襖門敞開的鄰房瞥一眼，只見其中央置一桌，那桌好似檯子般，甚至可說僅是一片有四隻腳之板子而已，因為那是一張既無抽屜亦無任何雕飾的桌子，桌面上亦未放置硯台、紙筆。然而置於後方六摺屏風下方，卻可見到以繩索綑綁成束的西洋報紙、雜誌之類的一端，我偷偷伸長頸子一望，各種領域的洋書高高地堆滿牆壁。世間有種人往往喜歡把不曾讀過的書籍，琳琅滿目擺在別人容易見到處當裝飾品，此位先生卻是作風丕然的潔癖啊！我自《柵草紙》[3]以來，開始對先生之文學和品行感到敬佩。好似就在那時。隨著濃郁桂花香，上野鐘聲拂走殘暑，送來清爽晚風，讓敞開的觀潮樓上唯一的人、獨自等待主人的我不由一驚。

我回首眺望鐘聲之方向。自千駄木崖上見到廣漠的市內景象，全體被籠罩於蒼然暮

神田川御茶之水，背景為聖橋。

●地圖

靄的迷離中，無數閃耀的燈火，映在如雲般的上野、谷中森林之上，殘留著如夢般淡淡的黃昏微光。令我不能不想起夏凡納[4]所描繪聖女珍妮維葉芙，靜靜俯視巴黎夜景壁畫上神秘的灰色色彩。

鐘聲的悠長餘韻，追著隨後一次又一次撞擊的鐘聲。隨著每次鐘聲之湧出，森林的影子變得更深黯，低處市中之燈火逐漸增亮，馬車聲如暴風雨般更高揚，不久連鐘聲的最後餘韻也消失了。我茫然再度環顧不置任何一物的觀潮樓內部。然後，從無任何一物的樓上，俯視市中之燈火，一邊交替聆聽鐘聲和馬車聲，想像我們的鷗外先生靜靜地讀書或正在執筆書寫。實際上，再沒有比此時更令我感受到先生的風貌如同壁畫中人物之神秘。

然而，「呀！讓您久等了。失敬！失敬！」先生宛如一介書生般邊說邊往二樓的樓梯走上來。因為身著白棉布襯衫，下著滾紅筋軍褲，鷗外先生看起來好似無所事事，週日躲在二樓租屋處消磨時光的阿兵哥。

「熱天時，就這兒最涼爽。」先生邊說邊把女傭端來的銀盤推過來，勸我抽根雪茄。先生與我在陸軍省醫務局局長室對談時，也勸我抽雪茄。若說先生一生當中，有何奢侈事，大概只有抽雪茄吧！

那一晚，我聆聽先生親切講述對於歐肯[5]哲學之感想，九時過後，才再度自千駄木崖道往根津、權現下行，繞過不忍池後方，此處有一座高聳於東照宮後方的懸崖，數著林間的星星，不久即搭上廣小路的電車了。

我的出生地小石川，亦有許多懸崖。首先想到即為自茗荷谷小徑可以仰望之左右懸崖，一邊為連名稱都令人生畏的「切支丹坂」，一邊則是與之斜斜相望、已忘記名稱為何、如山路般之小坡道，沿此坡道可攀登至小日向台町後方。如今，左右懸崖大抵已成為聊無趣味的當代風格之石牆，竹叢、林木亦被砍伐殆盡，全無往昔薄暗懾人之景象。

猶記我七、八歲之時，沿切支丹坂懸崖中腹部，不知大雨或何種緣故突然現出一個正方形大洞穴，因為不知到底有多深，附近的人認為此處尚為切支丹宅邸時，可能曾於地下開挖通道吧！

穿過茗荷谷往水道町方向走，至今道路正中央依然有一棵大銀杏樹聳立，還有一間供奉著很多草鞋和炮烙的小神社。因為水道端大道一邊有好幾座寺院比鄰，形形色色之棟門並立，至今仍為我喜愛之散步處。此道路之盡頭，轉進音羽的角落，大塚火藥庫所在之懸崖高聳，其頂疏疏落落有幾棵喬木。每當崖上草木枯黃，喬木枯枝梢群鴉棲聚時，望之宛然文人畫之趣。與此相對，往牛込方向眺望，有赤城高地，正面去路即為目白山側面之懸崖。目白之景致曾出現在蜀山人6《東豐山十五景》狂歌中，為自古以來之名所。蜀山人記曰：

東豐山新長谷寺目白不動尊所在之山，距離寶永（一七〇四—一七一一）之時再昌院法印所住關口疏儀莊甚近，據說由此地拄杖於西斜日影中，眺望富士千年之白雪，納涼於吹拂千町之風，暫喘一息。又，暗忖物部翁居牛込之時，服部南郭、太宰春台、高野蘭亭為首之文人，曾以漢詩吟詠此地十五景，纂成一卷。惟因懷念吾出生地牛込之里景色，茲借漢詩之題以詠夷歌。昔日，於大黑屋豪宴慶母還曆，已成天明往事。如今，只留如同「關口漉紙」、「目白瀧水」等樣子，戲語反覆而出。

鶉山櫻花
滄海桑田鶉山櫻　三兩櫻花依舊開

城門綠樹
青葉山上見鱐瓦　江戶城裡牛込門

溪邊流螢
頭大似何人　鎌倉道螢光

稑田落月
白露結霜先晩稻　早稻田上映月影

平田香稻
風調雨順太平年　穗滿豐收好年冬

寺前紅楓

寺前飲酒楓葉紅　舉杯談笑夕暉中

月中望嶽

八葉芙蓉花一輪　越過桂枝望富士

江村飛雪

雪中沽酒鄉里處　一心思念入江女

長谷梵宇

拜古明王求新願　新長谷寺一法師

赤城霞色

朝夕霞光映赤城　赤城山中蜈蚣神

高田叢祠

高田明燈映前方　穴八幡水稻荷哉

濟松鐘磬
昔日祖心尼之鐘聲　今日濟松寺猶可聞

田間一路
越過蟹川直直行　門田中堰一道路

巖畔酒壚
杉球酒屋人聚集　岸邊茶屋杯交錯

堰口水碓
眾目睽睽無由逃　水車轆轆轉不歇

去年歲暮，不期於木曜會忘年會席上，和巖谷四六君（小波先生令弟）邂逅，談話中提及我的「日和下駄」之事。據四六君所言，自麴町、平川町登往永田町後街之處，以前確實有一座幽邃之懸崖。當時，小波先生和四六君皆居住位於永田町故一六先生宅邸。彼時，恰好吾父之臨時官舍亦於附近，因而我亦能追憶憲法頒布當時，孤寂麴町之種種往事。父親居住約一年之某官舍，庭院前亦為陡峻之懸崖，其上長滿茂密竹林。竹林叢中有令人生畏之蟾蜍，夏日傍晚、夜未暗，幾十隻蟾蜍爬滿庭前，宛如鋪著一大片鵝卵石。庭前懸崖，隔一條細細小路和德國公使館所在之高台相望，高台背後亦為林木茂密之懸崖。寒冷冬夜，我那被日本傳統迷信所培養出的孩童心中，不禁會想起鬼怪之事，兀自強忍走過漆黑之廊下，獨自前往廁所時，透過殘破紙窗看到對面崖下林木深處，巍巍西洋館之窗燈火輝煌，同時聽到鋼琴聲流瀉，我頓覺西洋人之生活真是不可思議。

近來，足履日和下駄散步時，令我矚目之崖，為從芝二本榎之高野山背後或伊皿子台，眺望大海一帶之懸崖。二本榎高野山對面之上行寺，有其角之墓，故為人所知。我自本堂所在之懸崖俯視整座上行寺墓地宛如擂缽底般之景象，和其角之墓同樣令人難以忘懷。白金的古剎瑞聖寺後方，亦有足堪我屢次拄杖前往，頗為幽邃之懸崖。

麻布赤坂和芝一樣亦頗多懸崖。生於山邊、長於山邊的我，經常很羨慕擁有輕快、瀟灑船隻、橋梁及河岸景觀之下町，唯因有懸崖、坡道及詰屈曲折之風景，大致亦可作為山邊地方之驕傲。在《隅田川兩岸一覽》中，僅描繪河川景致的北齋，不也為雄壯山景繪製《山復山》三卷嗎？

譯注

1 魏爾蘭（Paul Marie Verlaine ,1844-1896）：法國象徵派詩人。
2 森鷗外（一八六二－一九二二）：日本近代之大文豪。
3 森鷗外之著作名。
4 夏凡納（Pierre Puvis de Chavannes,1824-1898）：法國畫家。
5 歐肯（Rudolf Christoph Eucken , 1846-1926）：德國哲學家。
6 蜀山人，即大田南畝（一七四九－一八二三）：江戶時代文人、狂歌師。

第十 坂坡

雖然和前次記述懸崖有重複之嫌，依然想就市內坂坡稍作敘述。坂坡為平地之波瀾。走在平坦大道，固然不滑不躓，行車安全無虞，貨運費亦便宜，對於百般無聊閒人之散步，則流於過度單調。東京市中景觀成一直線之美，惟自有橋、有船之運河岸邊方能觀之，至於如銀座、日本橋那般平坦暢達大街，不幸之至，尚無法引發吾人從自西方都會中所得經驗之感興。西方都市中，我喜愛哥倫比亞高台上石階更甚於紐約平坦之第五大道，喜愛蒙馬特高台遠甚於巴黎大道。我於里昂，自克羅瓦魯斯坡道，越過古老扶手石欄杆，邊俯視索恩河岸大道，邊漫步於夏日黃昏景象，至今無法忘懷。每當那景色浮現時，我不禁暗忖為何法國的都市，無論何處皆如此之美呢？為何能夠如此柔軟地刺激人們的空想呢？我始終沉溺於這些不堪追憶之夢中。

當時，我不滿三十歲，孑然一身飄零異鄉，無孤客之怨懟，頗有到處青山可埋骨之豪氣。匆匆已過十載，如今鬢髮幸未染霜，精魂卻已漸衰，聖王之世，生為男兒的我卻無所事事，心中之苦，只能身懷江戶繪圖，足履日和下馱，邊走邊感慨地憑弔業已在狂歌、俳句反覆耽讀之江戶名所遺跡，我亦無法不掉落淚水。儘管如此，如同江戶端唄[1]歌詞所言，縱使毫不體面之貧賤窄屋，月光依然照射。徒以悲憤而傷身，蓋賢人所不為也。

吾人所居之東京，無論如何醜陋、污穢，既然居住於此，朝夕於此送迎，必得於醜陋中尋出幾分美，於污穢中看出幾些趣味，必得以愉悅心情，縱使勉強，亦得感覺出居住地些微好處。對於原本無主張的我，何妨將此聊添為日和下駄散步之主張呢？

東京市面積及人口，已為世界屈指可數之大都會。任誰佇立山坡上遙望市內景象，比起走在如銀座、日本橋等繁華街道，更能感受其盛況。生於斯、長於斯，對於四時風物絲毫不覺珍奇，等閒看過的我，時而上下於九段坂、三田聖坂或霞關之際，見到宏偉景色，亦不由停歇腳步。從坂坡放眼眺望，可說最能顯示東京之偉大。自古以來，最有名之眺望地，為從赤坂、靈南坂上往芝西的久保下至江戶見坂。於愛宕山前，從日本橋、京橋可將丸之內一覽無遺。芝伊皿子台上之汐見坂，因地形和距離皆適切，品川御台場一如昔日名所繪所見，來往行人有如浮現眼前般模樣。由此可證，古來被稱為江戶名所之處絕非浪得虛名。

試舉今日東京市內絕佳之眺望處吧！神田御茶之水的昌平坂、駿河台岩崎宅門前之坂，同為適合俯瞰萬世橋、眺望神田川。皀角坂（位於水道橋內駿河台之西）和牛込麴町高台，並列為眺望富士山最佳去處。飯田町之二合半坂，越過外城濠、隔江戶川水流，可眺望小石川牛天神之森林。恰好與此相對者，則為小石川傳通院前之安藤坂，尚有與之並行之金剛寺坂、荒木坂、服部坂、大日坂等，同為自小石川眺望赤城番町一帶最佳之處。不過，從這幾處眺望，最富繪畫氣氛者，應為深藍茄子結實之秋日夕靄中萬家燈火時，或高台林木一舉妝點成新綠之初夏晴日。若是皎皎月夜，佇立牛込神樂坂、淨琉璃坂、左內坂，還有逢坂等處，眺望城濠堤壩上連綿老松婆娑之影映於靜靜水面上，任誰都不能不對東京如此絕景驚嘆不已。

雖說坂坡上眺望更添趣味，亦未必得全然捨去其他眺望之處。若有心尋覓，到處可見詩情畫意。例如：何妨也去看一看四谷愛住町之暗闇坂、麻布二橋對面之日向坂吧！此等皆僅為附近居民知曉、極為平凡之處。暗闇坂無法容車通行的彎曲坡道，一旁全長寺墓地林木鬱鬱蒼蒼而遮日，亂糟糟佛塔雜草叢生之模樣，實為令人生畏之坂坡。二橋日向坂，流經坂坡的新堀川濁水及架於其上小橋，還有斜斜遮住坂坡那棵樸樹，如此搭配自成一幅繪畫，甚為有趣。以「振袖火災」聞名的本鄉本妙寺對面坂坡，因有流經坂坡的下水道和小橋而存在我的記憶中。從赤坂喰違往麴町清水谷下行之陡坡，還有往上二町一帶樹木谷下行之坂坡，每當如鐮刀之下弦月掛在樹頭冬夜，從一大片住屋中聽到遠處狗吠聲時，孤寂到令人無法想像這一帶竟然位居市中。一眼望去，看到坂坡或傾斜地形上分布著屋舍、牆壁、樹木等，真是大開視野之美。如舊加州侯練牆綿延的本鄉暗闇坂、如可見麻布長傳寺練牆和赤門一本松坂等處，皆為實例。

坂坡當中，神田明神後方之本鄉妻戀坂、湯島天神後方之花園町坂，若不厭其位處偏僻，還有白金清正公一帶的坂坡，另外牛込築土明神後方的坂坡、從赤城明神後門往小石川改代町下行的神社後方的坂坡等，我認為各具特色，每當路過總要好奇四處眺望。由於坂坡地形傾斜，寺院境內的鳥居、大銀杏樹、神殿屋頂、圍牆等，有時或從人家的屋頂、有時或從小巷盡頭等意想不到之間，皆能見到種種變化的景色。走在寧靜的坂坡

区立三中前
安藤坂。

安藤坂
文京区春日1・2丁目の境
この坂は伝通院前から神田川に下る坂である。江戸時代から幅の広い坂道であった。傾斜は急であったが、1909年(明治42)に路面電車(市電)を通すにあたりゆるやかにされた。
坂の西側に安藤飛驒守の上屋敷があったことに因んで、戦前は「安藤殿坂」、戦後になって「安藤坂」とよばれるようになった。
古くは坂下のあたりは入江で、漁をする人が坂上に網を干したことから、また江戸時代に御鷹掛の組屋敷があって鳥網を干したことから「網干坂」ともよばれた。
文京区教育委員会
平成8年3月
安藤坂的歷史解說牌。

●地圖

途中，見到小小的租屋告示，雖然無此需要，也必定停下腳步仔細詳讀。為什麼呢？離群索居神社境內附近，若倦於讀書或累於苦作時，無須正裝，只穿著原來衣物[2]，宛如要到自家庭院般悄悄從安靜的後門，即可步入無人的寺院境內，或眺望鴿子飛翔、或端看繪馬殿的繪馬，只要什麼事都不想，讓腦中一片茫然，不是很容易就可以耗掉那難以忍受的時間嗎？

東京的坂坡當中，也有坂坡和坂坡間形成深谷或窪地，相互聳立之處。如前章市內閒地所述及的鮫橋，其前後即為寺町和須賀町的坂坡所相向。小石川的茗荷谷，也是兩邊為高地的坂坡。小石川之柳町，一邊為從本鄉下行的坂坡，一邊為從小石川下行的坂坡，相互對峙。此處地勢逼近，若是坂坡和坂坡急遽接近，景色更加有趣，市內亦有令人不禁想到溫泉地的如此之處。

從市谷谷町登上仲之町的間道，有一座有古老石階的坂坡，被稱為念佛坂。麻布飯倉旁，矗立一座有同樣石階的坂坡，則稱之為雁木坂。此等石階、磴道，令我不禁想起長崎的街町，每當足履日和下駄咯咭咯咭踏在磨損木屐角的石階上，總是暗自擔心東京市的土木建設，千萬別把通行便利的普通坂坡化成平整的平地！

譯注

1　端唄為日本傳統音樂之一。

2　為表示崇敬之意，日本人前往寺院、神社時，通常著正式服裝。

九段坂。

●地圖

湯島天神入口處。

●地圖

第十一

夕陽 附富士眺望

東都西郊目黑有所謂夕日岡，大久保有所謂西向天神，俱為眾所周知，欣賞夕陽之美的好去處。此原為江戶時代之事，今日恐怕無人會愚蠢至特意跑去偏鄙山岡拄杖觀夕陽吧！然而，我平日頻繁探詢東京之風景，甚知此都之美和夕陽有匪淺關係。

眺望宏偉的二重橋，亦得越過城牆上之松樹，當夕陽染紅西邊天空時，方能呈現最雄偉景觀。暗綠松樹、濃紫晚霞及被夕陽染紅的天空，不僅東京，亦是日本風土特有之色彩。

當夕陽餘暉滿照之天空，照射於臨溝渠倉庫的白色牆上、或染紅船帆頂著晚風前進中之貨船，此時營造出一種意外之美。不過，論及夕陽和東京之美的關係，還得於四谷、麴町、青山、白金等西向長街上觀看夕陽最為便利。神田川、八丁堀等河川，還有隅田川沿岸，毋需等待夕陽之美，各具其他趣味，兀自呈現相稱之特徵。與此相反，從麴町經四谷至新宿的大街，還有從芝、白金至目黑行人坂的街道，自來就是空空曠曠，毫無足以吸引人之處，完全是都市邊緣之污穢街町而已。無論雪降、還是月升，亦無法增添一絲風情。風一吹，塵沙遮目不見前方，雨一下，滿地泥濘淹人腳踵。如此無趣無味、殺風景的山邊街道，若說還有幾分美，完全是因為有夕陽的關係。

雖然此等大街和四谷、青山、白金、巢鴨等有所不同，街道之模樣總覺十分相似。昔日，四谷大街自新宿起稱為甲州街道或青梅街道，青山稱為大山街道，巢鴨經板橋可連接中仙道等，毋須看江戶繪圖，亦為眾所周知。也許因此緣故，儘管電車開通後的街道令人耳目一新，今日無論走到何處，卻還有揮之不去的驛站味道。特別是在一條寬敞道路之外望著寂寞冬落日，或頂著寒冷西北風前進，總有一種想往遙遠目的地盡快趕路之心情，錯把電車、腳踏車之鈴聲當成驛站鈴聲，亦非不可能吧！

東京夕陽之美，於嫩葉五、六月和晚秋十、十一月之間，尤稱第一。山邊之庭園、牆垣到處皆見鮮綠欲滴，自彼等林木間望見被夕陽染紅的天空之美，為下町沿河一帶所見不到之景色。說到山邊林木茂密蒼鬱之處，當然就屬神社佛閣之境內。雜司谷之鬼子母神、高田馬場之雜木林、目黑不動（瀧泉寺）、角筈之十二社等處，從遮蔽天空的嫩葉間遙望夕陽甚佳，同時亦為晚秋賞黃葉的好去處。夕陽影中踏著落葉歸去，縱使不是淪落江湖的詩人，亦不免幾許感慨。

此處可和夕陽之美相提並論者，當屬自市中遙望富士山之遠景。從面對夕陽之西向街道，大抵上不僅只有富士山，亦可眺望連接其山麓的箱根、大山、秩父等山脈。青山一帶，至今仍屬最佳、最適合眺望富士山之處，其他如九段坂上的富士見町通、神田駿河台、牛込寺町一帶亦同樣好。

從關西的都會，想眺望富士山也望不到。因此，江戶子以自來水和富士遠眺並為東都之傲。「西有富士，東有筑波」一語誠然道盡武藏野的風景。文政年間（一八一八—一八二九），葛飾北齋繪製《富嶽三十六景》錦繪，其中十數個所為從江戶市內得望富士山之處的景色。此為佃島、深川萬年橋、本所豎川、同為本所的五目羅漢寺、千住、目黑、青山龍巖寺、青山穩田水車、神田駿河台、日本橋上、駿河町越後屋店頭、淺草本願寺、品川御殿山以及小石川雪中等處。我尚未將此等錦繪和實景一一比對。因此，我無法得知例如：深川萬年橋或本所豎川，江戶時代是否果真能夠眺望富士山呢？不過，北齋及其門人昇亭北壽[1]還有一立齋廣重等人的古版畫，今日仍為探尋東京和富士山繪畫關係之最佳指南，自不在話下。北壽以西方的遠近法來繪製御茶之水的錦繪，和我等今日所見之景色並無二樣。若佇立於神田聖堂門前、臨御茶之水街道的最高處往西望，左邊越過對岸土堤可見九段高台，右邊則可見與造兵廠樹木並列的牛込市谷一帶之林木。流於其間的神田川，從水道橋至牛込揚場一帶之河岸，極目遠眺，我等所見富嶽及其山麓連峰的光景，完全和名所繪毫無相異。不過，富嶽風景最美者，唯屬與浮世繪色彩相似之初夏、晚秋夕陽照射下，雲彩和霞光將山映成紫色、天空染成紅色之時。

當代人之趣味，大抵於日比谷公園之老樹點亮燈光時，即高喊「漂亮！漂亮！」之類，諸如：清夜賞月光、春風中愛梅等敬愛風土中固有大自然美之風雅習慣，如今已完全消失。因此，無人在乎東京是否有夕陽照耀，是否能夠眺望富士山？倘若我等文學者將這般事說出口，無疑地必遭文壇嚴厲擯斥為裝模作樣。惟細細思量，義大利米蘭因有阿爾卑斯山之山影而更美，拿坡里因有維蘇威火山之煙霧更能讓旅人的心中留下記憶，難道不是嗎？東京之所以為東京，正因為能夠眺望富士山。我等不該以為議員選舉奔波之事，方為國民應盡之義務。所謂愛國主義，應當考量以永遠保護鄉土之美、盡力於國語之純化和洗練為首要之義務。目前，東京市的風景正處於全面被破壞之際，我等期盼世人切勿輕忽首都和富嶽之間的關係。安永時期的俳書《名所方角集》中，以富士眺望為題者如下：

望月眺富士　唯以駿河町　素龍

富士頂上雪　半為江戶物　立志

望見富士山　忘卻除夕日　寶馬

十多年前，於樂天居小波山人[2]處聚集之木曜會，會員中有一眉清目秀的清國人，名喚羅臥雲3。擅日本語，與國人無異，戲號蘇山人，吟俳句、寫小說，為常令我等瞠目結舌之才子。還歸故國時，留下一句曰：

晚春拜富士　從此一別離

蘇山人居湖南官衙，歲餘得病，再遊日本，未幾歿於赤坂一木之寓所。每當眺望富士山，時而憶起蘇山人臨別一句，頓感惆悵，追憶其人不可止。

君已乘鶴去　富士雪依然　荷風

大正四年（一九一五）四月

譯注

1 昇亭北壽（一七六三—一八二四）：江戶後期浮世繪師，北齋之門人。
2 即巖谷小波（一八七〇—一九三三）：明治至大正時期之作家、兒童文學家。
3 羅臥雲（一八八一—一九〇二）：本名羅朝斌，俳號蘇山人，父親為清公使館通譯，母親為日本人。

東京の東京らしきは富士を望み得る所にある。

東京之所以為東京，正因為能夠眺望富士山。——〈夕陽　附富士眺望〉

《富嶽三十六景》為葛飾北齋晚年的作品，描繪了江戶時代從關東不同地點遠眺富士山的景色，「江戶日本橋」為其中一幅。

散步隨筆

傳通院

我們無論如何都忘不了自己出生的浮世之鱗光片羽。

若是熱鬧的都會中心，我等被無限榮光包圍至感謝之淚模糊眼睛，亦會堅持守護代表一國繁華的偉大背景吧！若是窮鄉僻壤，我等抱著無窮盡懷念的同時，亦會感到悲傷和愛戀吧！

當時間每進一瞬，追憶的甘美亦更添加。我對位於都會之北的小石川丘陵，年復一年越發思念。

十二、三歲前，我一直不曾離開自己出生地的這座丘陵。當時的我並不知有何緣故，令家父變賣小石川宅邸轉至飯田町賃屋，約當日清戰爭爆發之際，又遷移至一番町。於現在的大久保購地則為很久之後的事。

此後，我因事從飯田町或一番町或大久保等新家，經過小石川高台時，未滿二十歲年輕學子的心底，總有一種閱讀興亡無常的中國歷史般寂寞、悲哀以及如夢幻般的感覺。特別是經過自己呱呱落地的舊宅大門，越過那熟悉、細密的一條一條樹梢窺見屋舍的屋頂時，想起當時掛在門上父親的名牌一旦換成素不相識人的姓名時，從此無法再踏進一步，自己就惡作劇地亂塗的那一面牆，還有在窗下挖掘的那座金魚池，我很想再次探尋幼時的這些古跡，因而不得不對如今住於其內的新主人產生憎怨之情。

其實，從我居住時屋舍已相當陳舊。因此，我知道不久後新主人連門牆都改建了。換言之，我幼時的古跡已不留任何痕跡地從浮世中湮滅……

*

寺院號稱是大美術製作，以偉大的力量令其所在地產生難以動搖的某種特色。巴黎有聖母院，淺草有觀音堂。同樣，我的出生地小石川，（至少在我心中）之所以為小石川，能夠成為與其他街町有所差別的區域，正因為有傳通院。在已滅亡的江戶時代，和芝增上寺、上野寬永寺相輝映，被稱為三大靈山的傳通院。

從古剎傳通院的地勢看來，其位於小石川高台之絕頂，且為中心點。小石川高台位於發源自關口瀑布的江戶川沖刷之南麓，從水道端往上有幾條陡峭坂坡往傳通院方向逐漸隆起。東側逼近與本鄉相望的富坂；北可望見冰川之森林，往下可至極樂水；西為綿延丘陵，從以鐘聲名聞遐邇的目白台可繼續往因《忠臣藏》而無人不曉的高田馬場。

如同其地勢般，我幼時的幸福記憶亦以傳通院古剎為中心，經常

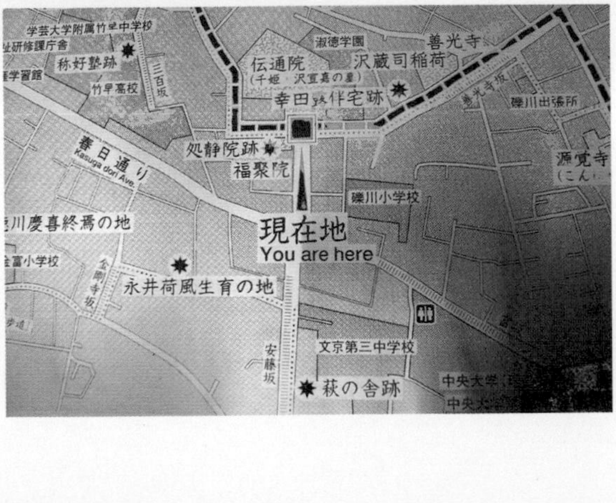

小石川傳通院無量山本堂。

縈繞於那周邊而難以離去。

諸君能夠想像當我驚聞傳通院被燒卻時，心情有多麼絕望、沉重嗎？那是在我從國外歸來不久時，確實於十一月的陰寒之日。猛然想起小石川之事，午後獨自去尋訪多年不見的傳通院。附近街町變得令人以為看錯了，古寺境內卻一如往昔。當時見到本堂那幾十扇不知破了貼、貼了破多少回的舊紙門，寂寥地並列於腐朽欄杆之廊下的情景，至今仍歷歷浮現眼前。多麼不可思議的世緣啊！當天夜裡，我從追憶散步歸來，累得正於睡夢中，本堂已完全灰飛煙滅了。

我記得芝的增上寺燒毀，也是那時之事。

半年之後，也許是一年之後吧！因當時未寫日記，我無法確切記得。某日，再度前往小石川散步。我看見飽含雨意的沉悶晚風，吹翻生長於火災痕跡石縫雜草的葉子。

無論如何那麼龐大的建築物不見了，頓使境內如荒野般遼闊，沉悶的晚風宛如訴說現實無常般笑吟吟地趁勢吹遍四處。至今被本堂遮住看不見的後方墳墓，從依然佇立的焦黑杉木之間一目了然。有家康公母親的墳墓，也有某某知名上人的墳墓……等等，自幼不知聽老人家說過有少次……那些知名尊貴

●地圖

的墳墓，如今已是荒廢於荒煙蔓草中，令人感到無常的晚風不時吹向從傾圮土牆中長出的茂密灌木及芒草，還有爬滿石門上野生爬山虎的葉子而發出輕輕之聲響，聽來有一種說不出的寂清。

僅有傳說中水戶黃門斬狗的寺門幸免於火災，因位於遠後方的背景——本堂不見了，只留下有許多美麗彎曲雕刻的屋頂，寂然佇立於陰霾天空下的模樣，看來反而有一種未能殉死的遺憾和悲傷。門前立有竹柵欄，排列著寫有為重建本堂捐款者的新木牌。聽說不久就會以捐款重建本堂，若是重建成如基督新教教堂般的西洋風……啊！這該稱為何種進步呢？

我還記得，自己尚未六歲還是七歲時，曾目睹從芝增上寺調派至傳通院當住持的老僧，乘著紮紫繩的大轎，於成群結隊喜極而淚、哽咽的善男信女和幾多僧侶行列的陪送中，穿過那道門的驚人情景。今日講究民主主義和實證主義風潮中，日益抹殺最後美麗的歷史色彩，一切只能留於落後時代詩人之夢中。

*

安藤坂已被剷平。富坂的避火地建起出租屋，只剩作為追憶當時的二、三棵樹木而已。守護水戶藩宅邸最後面貌的砲兵工廠的大紅後門，不知被拆除到何處。古舊練牆已改建成紅磚瓦，從「御家騷動」[1]繪本上所見到的水門已經無影無蹤。

（上）增上寺三解脫門，為東京都內最古的建築物，建於一六二二年，是江戶初期眾多建築中僅存的建築物。
（下）寺內德川家靈廟，即江戶幕府歷任征夷大將軍的祭祀廟宇。

●地圖

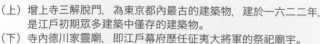

徳川家
霊廟

表町大街上櫛次鱗比的商家，大抵也都是新店家。以前這一帶街町絕對看不到的西洋雜貨鋪、西洋菓子屋、西洋料理屋、西洋文具店、雜誌店等，如今真是驚人之多。絲線店鋪及和服店的店面上，其商品亦全然改變了。

曾有從六尺町斜巷，抱著染有流派家紋的柿色小包袱，前去學習才藝的小姑娘，其身影如今安在？從久堅町戴著編笠的鳥追三味線[2]，何處可聽聞其彈唱？時代變了。往昔髮上插著黃楊木梳子的年輕匠師之妻，掀開寫有「松之湯」或「小町湯」等錢湯之布簾進出。如今街町角落，總見到成群肥胖女學生發出帶著鄉音的讚嘆聲，目送電影的宣傳廣告隊伍。

如今有誰知道？在那時代裡，偏僻的小石川高台曾有一位讓一般住民引以為傲的舞蹈名人坂東美津江[3]呢？還有因違反師訓於席亭彈奏曲調，被師傅逐出門的三味線名人常磐津金藏，皆是小石川人津津樂道的話題。現在某些評論家也許認為我之所以熱愛藝術，是因為去過巴黎。其實，令我產生喜愛巴黎藝術的熱情（Passion）和狂熱（Enthousiasme）之根本力量，來自有如法國人對莎拉[4]，義大利人對愛蓮諾拉[5]的感情，我完全是受到當時年輕人崇拜坂東美津江和常磐津金藏，那種熱情洋溢所感化。誕生「哥澤節」[6]的江戶衰亡期之唯美主義，培養我玩味二十世紀象徵主義的豐富藝術素質。

＊

較之夕暮還昏暗的入梅午後，牛天神林木樹蔭下紫陽花盛開時，還有秋日傍晚飛鴉啼鬧地棲息於澤藏稻荷神社樸樹上，不久落葉就飄零時，我散步至傳通院，停杖於其門外大黑天台階上稍事休息。我撫摸自往昔即安奉於堂內的賓頭盧尊者像，幼時於小石川故里經常看見、經常聽人提起那些人，如今不知在何方？我不知不覺回想起當年往事。

其實，除了母親和奶媽對我講述桃太郎和花開爺爺的故事外，最初教會我浪漫遐思的，就是每當大黑天神廟會時不可或缺的傀儡戲和說書那兩個老頭子。

我當然不知兩人從何處而來。不過，從我來到世間第一次知道有所謂廟會以來，還有到之後離開小石川為止，幾年來兩人出現在油燈下的那張臉未曾改變過。因此，在同為甲子夜的今日也許會出現在同一地方吧！

傀儡戲老頭子是一個爛眼睛、無精打采的男人，以盲者歌般悲戚的聲音喝道：「本鄉駒込吉祥寺賣菜的阿七姐，愛上小廝吉三……」一邊打節拍唱邊拉動綁著繪板的細繩來操縱傀儡木偶；說書老頭子則是齒牙掉落、眼神凶惡，一副壞模樣。看來好像從非常遠的地方而來，總是綁腿、衣下襬塞進腰帶的利落打扮出門，連夜行晚歸用的弓形燈籠，亦掛在低低紮於腰間的真田織腰帶屁股邊。看廟會的人三三兩兩逐漸圍過來，叼著煙管蹲於路旁的老頭子一起身，點上油燈，邊環視聚集人群，邊把扇子耍得啪啪作響，鼻子使勁吸個兩、三下，大聲把痰高高吐向地面。一開始以極嘶啞的低聲說書，逐漸才變得高亢起來。

「……聽到『啊！』的女人哀叫聲。這邊三本木的松五郎，喝得醉醺醺、心情大好地從賭場歸來，朝著漆黑的松林搖晃過去……」

故事一旦進入高潮，老頭子總是聲調一改就東扯西扯，盡說些不相關的無用之事，此乃要向聽眾乞錢的前兆。洞察世情的敏銳聽眾，在老頭子尚未將半開摺扇伸到跟前時即陸續逃之夭夭。如此一來，老頭子立即站在來不及逃走眾人前冷言冷語道：「那幫人以為人家不用吃飯就活得下去啊！白吃白喝、吃乾抹淨就逃的混蛋。」之類隨機應變的惡毒話，惹得眾人笑呵呵。無辜孩童不知不覺擠到前方，老頭子忍不住又罵上一句，然後他自己也覺得可笑，照例再吐一口痰。

從廟會之事，又有一人浮現我的記憶，就是住在富坂下蒟蒻閻魔社附近的瞽女。看來好像為乞討才急就章開始學習三味線，年方十五、六歲，長得高頭大馬，坐在點起油燈的草蓆上，一整晚都荒腔走板地彈奏那首數數歌「第一啊！……」。那模樣委實可笑，趕廟會的人大抵都會停下腳步投下錢。二、三年後，瞽女因跟隨高明師傅習藝，已能彈奏〈春雨〉、〈梅花春〉等曲子，不知何時就失去蹤影。我家女傭不知從何處聽來，傳說瞽女雖看不見，卻和人私通有身孕。

那也是在廟會夜晚，有一名漢子表演「一人相撲」乞錢。西力士稱為兩國、東力士稱為小柳，甚至連裁判都由他一人擔任，然後交替當西、東兩力士，最後赤裸用力摔滾在地。但是，不久警察禁止裸體演出後，他就不再出現於廟會了。

*

金剛寺坂有一名喚笛熊的漢子，為梳髮師之夫，放棄木匠本業跑去雜耍團吹笛子。按摩師休齋並非盲者，卻天生夜盲症。他想學習三味線卻過於神經質，又想當落語家的暖場藝人還是沒希望，才當了按摩師。從其經歷看來，算是能跳能說的可人兒。

般若阿留為背部刺滿般若鬼面圖的年輕木匠，頂上紮著大髮髻，月代[7]剃得乾乾淨淨，真是一名令人驚嘆的美男子。那時紮髮髻還是大有人在，不過都是年過四十的老人，般若阿留宛如音羽屋[8]所扮演的六三和佐七，為我留下一個往昔匠師活生生的最後風貌，真是難以忘懷的恩人。

往昔服侍水戶藩的某名木匠工頭的兒子，迷上附近頗負豔名的澡堂女子，那是一個好似從白浪物[9]中走出來的舊時淫婦。作為江戶時代之遺風，當時澡堂二樓坐有塗白粉的女人，總愛抓住入浴男人嬉戲。一想像這般江戶衰亡期的妖豔時代色彩，連經常出現於西洋繪畫中美女群嬉遊於浴殿的歡樂情景，也不覺得羨慕了。

*

小石川隨著東京全市的發展，不數年就會變得不認識了吧！

第一次讀完從六尺橫町租書鋪借來的舊時木版印刷《八犬傳》，當時帶給我這顆赤子心難以說出的神祕趣味的冰川水流和大塚森林，其被剷平掩埋已指日可待。我最後探

訪位於茗荷谷旁的曲亭馬琴[10]之墓，也已經過十四、五年歲月了……

明治四十三年（一九一〇）七月

譯注

1 御家騷動為江戶時代，藩侯家擁派爭嫡位之紛爭。

2 鳥追，指頭戴編笠、手持三味線、足履木屐，行走於街町，佇立於人家門前，彈唱些好兆頭曲調，博取歡心乞討錢財的走唱女性。

3 以原文翻譯，似為坂東三津江（一八〇九—一九〇七）才正確，江戶末期舞踊家。

4 莎拉（Sarah Bernhardt, 1844-1923）：法國知名女演員。

5 愛蓮諾拉（Eleonora Duse, 1899-1983）：義大利舞台劇女演員。

6 江戶俗曲之一，有寅派（歌澤）和芝派（哥澤）兩種，泛指兩派則表記為「うた澤」。

7 月代為日本封建社會時代，男子結髮髻時，頭中央剃光部分。

8 音羽屋為歌舞伎俳優尾上菊五郎和坂東彥三郎兩系統之屋號。

9 白浪物為以盜賊為主人公的故事或戲劇。

10 曲亭馬琴（一七六七—一八四八）：江戶後期讀本作者，作有《椿說弓張月》、《南總里見八犬傳》等。

銀座

近一、二年來，因事前往銀座次數頻繁，不知不覺自己竟成為銀座周邊種種面向之觀察家。

唯一可惜，自己和現代的政治家並無交往，因而不曾有登上松本樓雅座之機會，不過交際乃世間義理，我也曾在炎炎烈日下穿戴大禮服上下於帝國大飯店、精養軒及交詢社之階梯。每當前往有樂座、帝國劇場和歌舞伎座等觀賞劇曲歸途，必定轉往銀座啤酒屋休憩，不理會最後一班電車時間，與同樣觀賞戲曲歸來之友人沒完沒了地展開劇評之戰。專門販售於上野音樂學校舉辦的演奏會門票的西洋樂器店，有兩家皆位於眾所周知的銀座大街。展示新美術品的展覽場「吾樂」，其建築物則位於八官町大街。發售雜誌《三田文學》[1]之書肆，位於築地本願寺附近。穿著華美浴衣的成群婦女，特別是將近午夜十二時，為地藏菩薩結緣日出外買花，地藏菩薩即供奉於三十間堀的河岸大街。每次見面，那悠然美麗的貴族態度和洗練的江戶風品行，不由得令我想像藏前富豪門第那位我所敬愛的下町俳人之子，其宅邸與團十郎舊宅的廣大庭園比鄰。高大圍牆、深深庭樹，使得電車響聲自然如遠處暴風雨般疲軟，此宅的茶室，令我不惜自己跪坐雙腳之痠痛，邊聆聽茶釜煮水的沸騰聲，邊對無禮現代人的反感稍作休息。

此處有一條幽靜的後街，被建於大街上的屋舍所遮擋，連其正前方的高大本願寺屋頂都看不見，還有幾條正經人絕不知曉的小巷。某夏日雨後，自己曾從小巷二樓欄杆叫住路過的新內[2]藝人，欣悅地聆聽其說唱「醉月情話」。梅花散落的春寒午後，毛玻璃門緊閉，屋內宛如黃昏般薄暗，老妓群唱一中節[3]之聚會，自己從那毫無光澤的古老音調中，品味出疲憊不堪的哀傷。

然而，自己不幸的世界主義，使自己無法忘懷於首都飯店食堂，從露台外植栽間望過去，水氣迷濛的溫暖冬夜裡，使得夜晚的海水、夜晚的月島、夜晚的船影看起來更美。擠身於以世界各地到處為家、談笑風生的外國人當中，只有自己寂寞獨對一瓶吉安地酒（chianti），追憶年復一年漸漸消逝的故國往事。

銀座一帶無所不有，一切新事物、舊事物皆有。一國之首都，以其權勢和財富蒐集而來之物皆陳列於此。我等為買最新流行帽子、為買遠方國度而來的葡萄酒，當然非來銀座不可的同時，若喜愛在有樂町等處聆聽的「昔日」歌曲，若希望盡可能在「昔日」氛圍中聆聽回味的話，仍得選擇此一帶特別限制之處不可。

自己時常登上「天下堂」三樓屋頂，眺望都市之樂。既非「山崎洋服店」裁縫師、亦非「天賞堂」店員的我等，若想鳥瞰銀座一帶風光，登上天下堂階梯為最簡便之方法。登上此處遠眺，下方東京市街看來倒不髒亂。十月晴空下，磚瓦屋頂如大海般一望無際，雖然雜亂突起的圓木頭電線杆看來醜陋又唐兀，卻也感到東京畢竟是一座大都會。

穿過人家屋頂的山手線電車，越過山手線鐵道可遠眺霞關、日比谷、丸之內的風景和芝公園的森林，與此相對則為品川灣之一部分，還有從眼前汐留之水道一直綿延至濱御殿的幽深林木和白色城牆的景色，隨著季節、時間之變化，呈現百看不厭的美麗風光。

從遠眺的風景轉回俯視的正下方街景，有幾條和銀座大街並行的後街，筆直穿過高度相當的屋頂與屋頂之間。家家戶戶必有的曬衣台，看起來宛如並排糖果盒，晾曬於其上的紅布和並排的綠色植栽，在光線柔和、雲淡風清的午後，竟能於污穢屋頂和牆壁間輝映出驚人的豔麗色彩。從曬衣台進入屋內的窗子洞開時，自己可以清楚看見二樓客廳的人正在做什麼，女人袒露肩膀化妝的模樣、站在狹窄廚房口溝板上沖澡的情景，完全看得一清二楚。日本女人在外人看得見的地方沖澡，令《阿菊》一書作者驚喜萬分地認為是大事件，不過無需特意登上天下堂樓頂，自己於山邊沿圍牆道路亦屢屢撞見而感到訝異。然而，此事更進一步追究，不過是重複至今已有許多人論及的日本房舍和國民性問題而已。

我等生活不久將過得如西洋般，特別是變成如美國都會般，此事任誰都能夠直接想像。不過，試把此問題反過來，東京外觀不久將全然改革之際，縱使可以想見將哪些方面的舊日本之舊型態，如何隱藏於何處，恐怕亦非辛辣的觀察家所感興趣吧！就實例而言，雖然帝國劇場的建築物為純西洋風，然而不知何時大理石廊柱間孳生出舊劇場特有的簪屋及飲食店，遂維持不住嚴肅劇場的體面。銀座商店的改善和銀座街道的鋪設，隨著將來如何改造之道，如何讓穿浴衣、綁兵兒帶[4]納涼者和撐唐傘、踩高腳木屐的路過

● 地圖

銀座。

者方便舒適呢？當我前往交詢社大廳，描繪希臘風人物的「神之森」壁畫下方，有幾組穿著五家紋[5]大禮服的紳士和穿著西式長禮服的紳士，正對坐奕棋。直徹高大金箔天井的棋子撞擊聲，交雜隔著廊下對面房傳來的撞球聲。首次目擊此光景時，心中產生一種奇異感覺自不在話下。不過，因何緣故喚起我此種奇異的感覺，實在有必要深思。凝聚風雅的純江戶式料理屋小包廂，豈止和印刷廠一樣，裝設從天井上垂掛下來、帶有燈罩的電燈，連電風扇都引進了。要言之，現代生活中，一切固有的純粹事物，無論東、西方，都得相互磨合。據說異種族間的混血兒，若非在特別注意的教養下，其性情將遺傳到父母雙方的缺點，日本現代生活確實就是如此啊！

銀座一帶當然是日本最時髦的地方，不過此處卻有最諷刺的奢侈品販售店，若想品嘗原汁原味的西洋料理，將會發現無論銀座的哪家西餐廳皆無法達成此目的地吧！銀座的文明開化和橫濱的飯店之間有明顯區分。同時，橫濱和印度殖民地，還有西洋之間亦有階梯式的差異。

因此，有人就說與其吃帝國大飯店的西洋料理，毋寧站在路邊攤啃炸豬肉。因為路邊攤啃炸豬肉已脫卻西洋情趣，且和原本的炸天麩羅毫不抵觸，已成為另一道新料理。長崎蛋糕和南蠻鴨肉麵經由長崎傳入內地，渾然變成日本料理，即為同一實例。

自己一直相信人力車和牛肉火鍋，為明治時期由西洋傳入日本經改造後最為成功。雖不敢說隨著時間過去，今日吾人絕不再對人力車和牛肉火鍋產生反感。不過，牛肉鍋之妙味，在於傳統古早形式的「火鍋」中，放入新內容的「牛肉」。人力車宛如玩具般

●地圖

帝國劇場。

歌舞伎座。

小巧，令人覺得相當滑稽可愛，好像一開始就調整到適合日本生活而被發明出來。此二者並非原封不動引進來，也不是無意義的模仿。至少值得以「發明」來讚美，完全顯現發明者的苦心和創造力。換言之，也就是通過國民性檢測後才出現之物。

就此點看來，自己對於明治維新前後輸入之西洋文明，敬佩之處甚多。德川幕府招聘法國士官訓練步兵，其服裝為出陣頭盔、窄袖短上衣，一如往昔密藏大小兩刀的服裝，遠比今日純西洋式軍服，更適合身體長、兩腳彎的日本人。穿著西洋式軍服，無論哪位日本名將，其威儀風采都比不上西洋的下士官。不同種族必得好好思考其整體容貌、體格、習慣以及舉止，以苦心和勇氣創造出非千篇一律的特種事物。每次自己前往觀賞上野戰爭圖繪，總覺得軍官所戴的紅白毛盔甲，真是美麗啊！亦會聯想到拿破崙帝政時期胸甲騎兵的盔甲。

走出銀座大街，步入所謂金春斜巷，兩側皆為今日看來已相當老舊灰暗的磚瓦大雜院，自己不禁憶起且非常懷念明治初年輸入西洋文明之當時。毋庸說明，金春磚瓦屋當然好像土牆倉房般塗上漆，不讓其露出紅磚原貌。家家戶戶的房簷向外長長地延伸，皆以圓柱支撐。不過，如今斗拱下已無置空地之閒情，每一家都任意改造或破壞。回想當初建造此磚瓦屋經營者的理想，肯定是讓整排房子高度一致，家家戶戶的房簷為圓柱支撐之半圓形狀，計畫營造如里波里（Rivoli）街道般美麗居所的景致。二、三十年前的風流才子，對於南國風石柱和弓形房簷及江戶灑脫風格子門和御神燈，必定深知該如何創

明治座創立於明治六年（一八七三年），原址為現時久松警察署的南側。
而現時於清洲橋通上的明治座是於一九九三年啓用。

●地圖

造出不可思議之和諧吧！

明治初年，一方面是謹慎輸入西洋文明、認真努力模仿其亮麗之時代。同時，另一方面則是掙脫德川幕府壓迫的江戶藝術殘花，開始覺醒再度尋回第二春之時代。劇壇可舉芝翫[6]、彥三郎[7]、田之彥等，文學上則出現默阿彌、魯文[8]、柳北等人才，畫界則有名氣響亮的曉齋[9]和芳年[10]。未曾再出現如境川[11]和陣幕[12]般的相撲力士。圓朝[13]之後，未曾再出現圓朝。吉原比起大江戶往昔更極盡繁華，金瓶大黑樓的三大名妓傳說成為世間茶餘飯後之話題。

兩國橋為不朽浮世繪之背景。柳橋背負無法動搖的權威傳說。對此，當我就香豔之意味想起新橋時，不得不追憶成為江戶第二的明治初年。當然，此種景慕比實際更豔麗、更精彩。

世界上有哪一國的時間比日本過得更快呢？今日回想起昨日剛過之事，宛如發生於另一時代之事不勝枚舉。眺望日本唯一的嶄新西洋式劇場——有樂座，不過是二、三年間之事而已。我等把新橋車站當成人們相離、相聚之處來描述，僅只是四、五年間之事吧！

如今，日吉町也出現法國的春天百貨店，尾張町一隅即將有「銀座咖啡」開張。聽說年輕文學者有口皆碑的「Meizon 鴻之巢」，近期內將從小網町的河岸大街遷至銀座附近。其實，直至去年尚未出現此等適合休憩好去處時，自己與友人相約或散步累了想歇腳，或只是單純想眺望熙來攘往的人群時，只能選擇新橋車站的候車室。

當時，銀座一帶已有幾家咖啡廳、喫茶店、啤酒屋及閱報所等各種名稱之飲食店。不過，那些都不適合我的目的。只是讓腳休息一小時、和友人輕鬆談話，至今的經驗非得吃很多食物才行。喝一杯啤酒最長為十五分鐘，那些店的客人之資格，縱使已經喝不下去，一小時內還得點滿四大杯，否則就會心生焦急想要趕快離去，無論如何也無法悠閒久坐。

相反地，車站內的候車室最自由、感覺也最好，絲毫不必介意任何事物的無比上等咖啡廳。此處沒有佯裝聽不到、頭髮臭兮兮的呆女侍，不必有道義上得點杯啤酒或紅茶之麻煩，不必有拿出一圓紙鈔得等上五分鐘才找錢的不耐煩，自由自在想來就來、想走就走。當我感到山邊書齋的沉靜空氣，好似過於無情鞭策自己不眠不休讀書、早些寫出精彩書物、讀些艱深書籍時，就會拿本輕鬆易讀的書，坐在候車室的皮椅上。冬日燒著溫暖的火爐，夜晚有明亮的燈火。在此寬敞的一室中，所有階級的男女皆有，時而甚至會將自己波瀾生涯的一部分展示出來。亨利・波爾多（Henri Bordeaux）於某篇旅行記序文中如此描寫一個男人：「把行李寄放在車站，住宿在聽得見火車汽笛聲的附近旅館，連每日三餐亦在車站內餐館解決，雖然置身於隨時準備出發之境地，卻是一個不曾離開巴黎而帶著旅人心境、徬徨於巴黎街頭的人。」漠然坐於新橋車站候車室，聽到踩著木屐的急促響聲和尖銳的汽笛聲，人即使文風不動，也會產生一種出外旅行般自由、孤寂的好心情。有一次，上田敏[14]先生曾對我說：「居住於京都是一種旅行，投宿東京亦是一種旅行。」一聽說如此來來往往，總能保持好心情。

自己處於如此動態生活的聲響裡，為營造寂寞的心情，總期盼有更多機會坐於車站候車室。為應付車站人員詢問：「為何來此？」自己總不惜買一張無用的送行月台票或前往品川的車票。

不厭煩地再說一次，日本的十年相當於西洋的一世紀。三十間堀的河岸大街，尚殘留二、三家往昔之船宿。每當我一看到那寬敞店頭的拉門，就會回想起母親說自己還是小姐時，從這一帶前往猿若町看戲時，帶著裝有食物的多層飯盒，搭乘豬牙船從這條水道駛向另一條水道的久遠時代、如夢話般的陳年舊事。原本自己第一次前往深川一帶，亦是搭乘石油小汽船從汐留的石橋下出發，如今也成為已消失時代的逸聞了。

銀座和銀座一帶，將來也會日復一日變化下去吧！正宛如凝視活動片的孩童般，我想凝視永無休止變化下去的時勢繪卷，直到眼睛疲痛為止。

明治四十四年（一九一一）七月

譯注

1 文藝雜誌。一九一〇年創刊，為慶應義塾大學文學科之機關誌，創刊初期以永井荷風為中心，帶有強烈唯美主義、都會文學性格，佐藤春天、久保田萬太郎皆由此躍進文壇。
2 即新內節，為淨琉璃流派之一。
3 一中節，為淨琉璃之一，亦為古曲之一，日本重要無形文化財。
4 兵兒帶為男人或孩童穿和服時所使用之腰帶。
5 背後、兩袖及兩胸有家紋之日本傳統禮服。
6 即中村芝翫，為歌舞伎演員的名號。
7 即辻彥三郎，著有《藤原定家明月記の研究》。
8 即假名垣魯文（一八二九—一八九四）：劇作家、新聞記者，著有《安愚樂鍋》。
9 即河鍋曉齋（一八三一—一八八九）：浮世繪師。
10 即月岡芳年（一八三九—一八九二）：浮世繪師。
11 即境川浪右衛門（一八四一—一八八七）：第十四代橫綱。
12 即陣幕久五郎（一八二九—一九〇三）：第十二代橫綱。
13 即三遊亭圓朝（一八三九—一九〇〇）：落語家。
14 上田敏（一八七四—一九一六）：明治大正期之文學者、啟蒙家、評論家、翻譯家。

百花園

若有友人相邀，我至今仍不拒絕同遊向島百花園。這應該可以說恰似一老夫偶然拿起晚報，不厭倦地閱讀「赤穗義士傳」的說書筆記吧！老人借助眼鏡之便，閱讀紙上說書筆記。此種說書筆記，比起老人尚未老衰時徒步前往白天說書場親耳聽到的內容，真是令人驚訝連連的拙劣年輕藝人的口述啊！然而，老人仍是不厭倦地經常閱讀之。

我之拜訪菊塢之庭，亦似如此。有如老人借助眼鏡之便，我亦搭乘電車和公車前往向島，佇立半枯萎的病樹下，閱讀毫不稀奇的石碑文，然後坐在林中荒廢亭子的廊下，眺望如下水道般的池水，不厭煩地度過半日。

老人所以注視晚報，因為手偶然碰觸晚報，而在自己眼前展開之故吧！掃視紙上世事的報導，無論記載如何重大事件，因為老人之身感覺不出有比書籍更能產生何等痛癢之事物，無所停駐的視線才停留在說書筆記上。而且，老人既已熟知說書筆記的題材，其內容陳腐無趣味一事亦在預料中，但是這反而比未知的新事物讓老人更感到心安，才會不知不覺中逐行閱讀的緣故吧！最近，我直接得知許多新消息。我聽說東京市內外某處的新公園，還有遊樂園將開幕，我卻無心特意拄杖前往。我認為與其如此，毋寧前往看慣的菊塢之庭走一走，茫然面對病樹荒草，也較不會引發不愉快之感吧！

菊塢的百花園如世人所知，相對於龜戶村的梅園，被稱為新梅莊，不過梅樹逐漸枯死，遭受明治四十三年（一九一〇）八月水災以來，如今終於連一株都不存。水災的前一年，園中尚有幾株梅樹的時候，花季某日，我見到園內梅樹枝頭繫有幾張長條詩箋，不經意取來一看，竟是印刷的都內報紙廣告，真是啞然而無言以對！頓時趣味索然，掉頭離去。

二、三年前初夏某日，路過神田五軒町大街一舊書鋪店頭，偶然巧遇高橋松莚、池田大伍二君。當時，我正在漫無目的散策途中。二君說是當日上午在劇場練習戲劇，沒曾想提早結束，於是相偕來此書鋪。店主人是我相識的朋友。偶然相聚，就興致勃勃在店內聊開了。主人欣喜之餘，取出新購入的古書、錦繪之類示眾。展示既畢，初夏太陽猶高掛，離用餐時間也還有一段時候。不過，縱使眾人連袂想散步，卻無可去之處。雖然上野公園森林就在眼前可見之處，無論如何也不想前往。總之，眾人搭上公車之際，忽然從地震後向島不知變成如何談起，才決定搭車往東，不過車已經吾妻橋過枕橋，尚說不定目的地，不得已之下才決定前往百花園。前往向島而在百花園休憩，曾經為一般人的習尚。在那時代，我們都已是成年人了，如今對此當然無人有異議。我們也熟知百花園已荒廢，現在更無拜訪之價值。不過，在這情況下還說三道四，等同抓住七十老翁勸其簽訂人壽保險契約，或問玉之井[1]女人有無惡疾般，未免太過於愚蠢。此為車內無人拒絕前往百花園之理由吧！我們每天接觸社會新事物，對此批判之言論不絕於耳。當今之世，不限於政治文藝之事，甚至日常坐臥之事，無一項不得不勞心加以鑑別、批判。

因此，失去欣賞品味的興致，也無所謂忘我的機會。平素我們暗自為此事感到悲傷，所以理應沒有論述前一時代的遺址——菊塢廢園該何去何從之打算。倘若講述保存方法和恢復策略，不僅是和時代趨勢背道而行，也是脫逸時序了。我們抵達白鬚神社旁時，下車徒步走到園門的途中，心裡暗自希望到廢園就是能夠看到原封的一座廢園。若能略略品味荒涼寂寞之思，即為望外幸運了。

預期之處僅是如此而已。對此，理應不會產生失望之遺憾。沿著宛如煤焦油的漆黑溝水，進入外圍欄杆間的小徑，就連嫩葉樹蔭底下的青苔也是鬱鬱青青，豎耳可聽見蜂虻群聚在飄出花香的野薔薇上發出的嗡嗡聲。小徑一邊的園區內有一間二層樓的低俗料理屋。矮樹籬笆蜿蜒，即將傾圮的門簷上有一塊文字不明的南畝匾額，依舊引起來訪者留步。一踏進門，左邊有一棟瓦房，其廊下擺著陶器、風景明信片。房子前方的平坦園區中央，枯死的梅樹被砍除後，除了殘留一座荒廢的亭子外，空無一物。傳說由中井碩翁宅邸遷移來的石井也已廢棄，說明其來歷的牌子上文字因風吹雨打而難以辨識了。從那裡至水池邊約有三、四百坪面積的花圃上，草花苗只延伸二、三尺而已。花圃北邊，地勢稍微隆起處有一棟稱為「御成座敷」的屋子。坐在百日紅大樹蟠踞的廊下，從此處整個水池及庭園的全景一覽無遺。花草苗尚未延伸的花圃，其間的小徑亦是非常明朗，從頭到尾無任何遮掩物，儘管已近日暮，心情依然開闊。雖然池畔長有蒹葭，宛如鐵漿的黑水裡，不知蓮根是否已斷絕，既無浮葉亦無捲葉。聽不見這季節理應聒噪不休的蛙鳴聲，也聽不見小鳥或烏鴉的啼叫聲。季節不對，時間也晚了，當然也看不見遊客的蹤

くちばしで
つつかれ
柿三個
さざなみ早智子
名月を
拍手で
迎ふ
百花園
中村柚木

向島百花園，是唯一留存至現代的江戶時代花園。
「百花園」的一種解釋為「四季百花綻放之園」。

影。眾人的視線唯有空虛地注視前庭盛開的錦帶花和水池那邊殘留的一棵老松的樹梢。園主佐原氏為眾人相識已久的朋友。女傭端來茶點後，展示其庫房中的二、三幅作品，又擺出樂燒土器，請求寫俳句等等，推辭後，到河堤走上來時路。那時天色已黑，往來車輛都打開車燈了。

昭和改元那年[2]僅二、三日之時，偶然機會，我又與臭味相投的二、三人，一起從同樣的廊下面對同樣沒有花的庭園。曾在初夏黃昏見到尚是幼苗，霜枯後的秋花連莖都被砍掉，僅留下殘株。庭園內到處瀰漫一股枯草、落葉焚燒的煙味和土臭味。

我回顧友人說道：「拜訪百花園，在無花的時節最好不過了。」友人笑道：「花未開時來看，花季已凋零又來看，此和杜樊川的『綠葉成蔭子滿枝』之嘆很相似。所謂風流就是如此吧！」另有一友在一旁更說道：「花壇內無花，為應有之物，不在應在之處。見此而大悅者，為探尋奇中之奇的人。世上不解風流者，也往往知道此奇。」此話一出，眾人不覺莞爾而起身。

昭和二年（一九二七）六月草

譯注

1 玉之井位於東京墨田區東向島，從戰前至一九五八年之間為有名的私娼窟。

2 昭和改元之年，為一九二六年十二月二十五日起，時為冬季。

●地圖

遊里今昔

昭和二年（一九二七）冬，前往酉市[1]時，發現山谷堀已被掩埋，日本堤正在進行拆除工作。下了堤往大音寺前方走過去，城郭外道路也拓寬了，全部鋪上石塊，所以難以行走。穿過吉原，來到鷲神社境內，鳥居前道路已鋪設完成，那天我第一次聽說平日有電車、公共汽車往返於三輪。

吉原遊里不待今年昭和甲戌（一九三四）之秋，公娼廢止令頒布，數年前早已形同滅絕了。若失去此舊習和此情趣，自古以來的此名所也就名存實亡。

保留昔日江戶吉原遊里內全盛風貌者，為山東京傳[2]的著作和浮世繪。至於明治時代吉原及其附近街町的情景，一葉[3]女史的《青梅竹馬》、廣津柳浪[4]的《今戶殉情》、泉鏡花[5]的《註文帳》等小說，也為消失前的吉原留下最後身影。

明治三十年（一八九七）春，我於弱冠之時，初次前往吉原遊里。《青梅竹馬》刊載於《文藝俱樂部》第二卷第四號，《今戶殉情》則是同雜誌第二卷第八號，為其翌年之事。

當時遊里周圍，除淺草公園南側面向千束町三丁目外，因為其他三方一如往昔都是水田、竹叢、古池等，所以眼前活生生呈現出我看慣的二番目狂言[6]的舞台背景，還有

●地圖

現時台東區的千東三丁目和四丁目即昔日的吉原。

「踏出吉原里，滿目青麥地，心酸淚珠滴！」和「田中稻草人，持弓盡向吉原門。」等江戶座開場白所描述的景色。

對於被淨琉璃和草雙紙誘發出最初文學熱情的我等，遊廓外寂靜街町和田圃景色，其魅力顯得多麼豐富啊！

此時，佇立於植有回頭柳7的遊廓大門外河堤上，遙望東方，越過遠方今戶町住家的低矮屋頂，可見到田圃那邊塚原妓女戶背後，河堤正下方有屠牛場和絲線工廠等，還有一條溝渠可直達山谷堀。蕺菜花和大紅花盛開的岸邊，好似貓柳般的灌木長得非常繁茂，河上架著好幾條如髮洗橋般的腐朽木橋。

離開回頭柳，沿著堤上約行走半町之距離，有一條往左下方的小路。此即為龍泉寺町的道路，《青梅竹馬》第一回開頭所敘述的場景即為此處。道路一邊沿鐵漿溝，從遊廓人家居住的那一排骯髒大雜院，可望見江戶町一丁目和揚屋町的非常門，也可見到每家妓女戶後門吊著幾條刎橋8。稍稍轉向道路北方，穿過大雜院，行走約半町之距離，就可通到有瞭望火災梯矗立的四辻。這一帶之所以稱為大音寺前，因為四辻的西南角有一座淨土宗的寺院．大音寺。從十字路口往北，經過龍泉寺門前，穿過千束稻荷神社，往西直走，沿著三島神社的石垣可至阪本大街，每天晚上，往返吉原的人力車絡繹不絕，人力車匆匆奔馳，車上提燈搖搖晃晃，《青梅竹馬》的作者曾經數過說：「十分鐘七十五輛。」

之後，大雜院越來越稀落，道路也變得稍寬，走過沿兩側流經的溝渠上的石橋，看

（上）吉原大門前建於昭和初年的木造建築，逃過了
戰火的破壞，被日本列入「有形文化財」。
（下）新吉原遊廓的「回頭柳（見返り柳）」石碑。
此柳樹聳立於遊廓的大門處。

見以茂密竹叢為圍牆、門面雅致的屋子接連不斷。我曾聽說其中有一間為有名的料理屋・田川屋的舊跡。《青梅竹馬》所描述的龍華寺，還有賢淑姑娘美登里居住的大黑屋宿舍等，大約都在這一帶。想到荒廢的寺院、風雅的小門，被原原本本寫進書中，我每次經過都忍不住向門內張望。江戶時代被稱為賞楓名所的正燈寺，亦位於大音寺前，不過庭內的楓樹早在很久以前便已枯死，我散步此地時，門內只剩一棵楓樹，算是留下昔日痕跡而已。

縱使在昭和年代的今日，大音寺仍然和酉市的鳥居斜斜相望，臨時殿堂還在原處，不過周圍的光景變化甚大，經探尋後一看，竟然有種不是同一處的錯覺。回想明治三十年左右，我讀過《青梅竹馬》和《今戶殉情》後來此四處閒逛的情景，當時大音寺的門並非於現在電車大街石柱聳立之處，而是在別處，其方向好似也不一樣。現在的門是向東，以前是向北，且位於往路邊更進去之處。不過，這些記憶如今已有些模糊了。當時，前往酉市的鳥居，似乎是從大音寺前十字路向南轉。過了十字路口後，道路一邊為綿延的矮房，從屋頂望過去，可看見其後的吉原醫院，另一邊則是一望無際的水田，可看見遠方太郎稻荷神社的森林。此處即稱為吉原田圃。亦稱裡田圃，又稱淺草田圃，也單稱為田圃。

遊廓內約在京町一、二丁目西側，靠近御齒黑溝娼樓的後窗，為眺望吉原田圃全景的最佳之處。所幸《今戶殉情》中，對此有詳盡之描述。敘述如下：

朝陽照射於忍岡和太郎稻荷神社的森林樹梢之際，入谷尚有一半還籠罩在朝靄中，吉原田圃全結上一層霜。天空中一群群小鳥排成輪形往南飛，上野森林的烏鴉開始聒噪了。大鷲神社旁田圃上的白鷺鷥，一隻、二隻、三隻地飛起來，三、兩個人從明天酉市賣場新搭小屋中走出來。鐵漿溝冒起的泡沫都結凍，大音寺前溫泉的煙霧在狂風中亂竄。從上野發出的第一班火車，鳴出拖著長長尾音的汽笛聲，眼看即將繞過山岡，進入根岸，已經看不到天王寺森林的雲煙了。

讀此段文字時，眼前目擊到的卻是從松竹座前往三輪的新水泥道路，還有東西兩條新大道從隅田川河岸通往上野、谷中方向的情景。任誰都想不到三十年前，曾有白鷺鷥在此處飛翔。我試想為此段文加注釋，卻也不堪滄桑之感。

「忍岡」為上野、谷中之高台。「太郎稻荷神社」位於往昔柳河藩藩主立花氏的別莊內，自文化年間（一八〇四—一八一七）即香火鼎盛。別莊拆除後，社殿及其周圍之林木還留在淺草光月町上，我第一次見到時，其社殿僅是徒具形式的小祠而已。所謂「大音寺前溫泉」並非普通的澡堂，應是兼營料理店的旅館吧！其名稱為何？我不甚清楚。當時，入谷有「松源」、根岸有「鹽原」、根津有「紫明館」、向島有「植半」、秋葉有「有馬溫泉」等溫泉旅館，偕同藝妓前往投宿的客人也不少。

《今戶殉情》發行後，世間謠傳該書是以京町二丁目的「中米樓」殉情事件為本。不過，中米樓以接待茶屋引介的客人為主，看不到《今戶殉情》所敘述的淫媒茶屋的情形。當時，可以望見裡田圃，且有刎橋的娼家，次於中米樓、稍具格式者，我記憶中有京二的松大黑、京一的稻弁二家，其他皆為小格子9。

《今戶殉情》之所以成為明治文壇的傑作、永留人們記憶中，不僅因書中人物的性格和情緒勾勒得淋漓盡致，也因把妓樓描述得渾然如一幅風俗畫。篇中事件從酉市前後說起，終於歲末掃塵。選擇最適切的時節來敘述吉原的風俗和殉情事件，可見作者的用意及苦心。於此，我摘錄最終一節如下：

小萬淚流滿面拿著遺書和照片，跑到同在二樓的吉里房內一看，吉里當然不可能在房內，只有阿熊、男事務員和另外兩名男子正在喧鬧。小萬走到上頭房間，從窗內望出去，太郎稻荷神社、入谷、金杉一帶人家的燈火點點，遠處上野的燈光看來有如鬼火。

翌日午時許，淺草警察署發現被吉里穿走的阿熊的外套，丟棄在今戶橋附近露地，同一露地的隅田川岸邊又發現娼妓穿的室內草履和男用麻草履。（中略）阿熊哭哭啼啼將她葬在箕輪的無緣寺，小萬差遣阿梅為她供上七七香華。

箕輪的無緣寺位於日本堤將盡處往右下，沿田埂路約走一、二町距離處，又稱淨閒寺。明治三十一、二年（一八九八、九九），我前去掃墓時，堂宇腐朽墓地荒廢。此寺自古為病死或殉情死後無人認領的遊女的葬身處，為安政二年（一八五五）因地震死亡遊女所建的供養塔相當醒目。其他墓碑很小且被藤蔓遮蔽。當時年少的我之所以知道此淺草神社內的「妝太夫碑（柿本人麻呂歌碑）」。上級的遊女被稱「太夫」或「花魁」。花魁必須有很好的文學修養，此石碑上的文字便是由筆名為「蓝雲」的花魁——妝太夫——所寫的草書刻鑿而成（一八一六年造）。蓝雲十分喜歡飛鳥時代的詩人柿本人麻呂的作品，此碑文即為柿本人麻呂的詩。

● 地圖

淨閒寺內的「新吉原總靈塔」，為安政大地震、關東大地震等意外中遇難的藝妓合葬之地。墓誌銘為「生來苦界，死後花醉淨閒寺」。

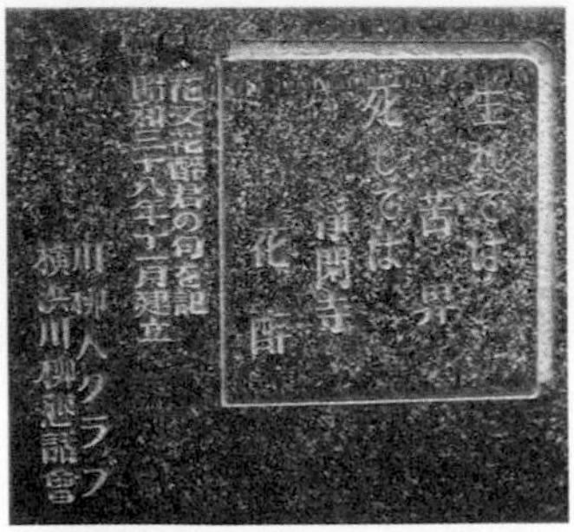

● 地圖

寺所在，是因為聽到宮戶座演員提起為「新比翼塚」供香華等事。「新比翼塚」為明治十二、三年，為於品川樓殉情的遊女盛糸和內務省小吏谷豐榮祈求冥福所建造（順便一提，龍泉寺町的大音寺亦為遊女的埋骨處，聽耆老說昔日蜀山人曾以里詞[10]為某遊女撰寫墓碑，不過我曾兩三次察訪，皆無所獲）。

日本堤行盡後往淨閑寺一帶風景，三、四十年後的今日追憶此事，有恍如隔世之感。堤上和遊廓大門附近不一樣，沒有臨時搭設的飲食店、沒有車伕、沒有行人，只有不知是樸樹還是什麼大樹林立，從其樹幹間俯視，可見到堤下竹籬笆圍繞、鑿有池塘的幽雅住宅的庭園。左右皆為水田綿延的遠方，則被隆起的鐵路遮住視線。遙遠東方可以看見小塚原的巨大石造地藏菩薩的背後。若是當時的遊記和日記未遺失，我一定不顧讀者厭煩而不停地寫下去。

我把遊廓附近街町的景象稍作說明，現在只剩南側的淺草方面。從吉原至淺草有兩條通路。其一為走出遊廓大門後，沿堤岸往右走二、三町的距離，從一家由以前「土堤平松」或什麼的料理店，改為「牛肉屋常磐」的門前斜斜走下河堤，不久就可直抵淺草公園十二階[11]下的千束町二、三丁目的大街。另一條則是行經河堤盡處，從道哲寺一帶往下至田町可繼續走到馬場的大街。尚未有電車時，往返遊廓最熱鬧者，為千束町二、三丁目的大街。

這條道路一下堤，左側即為遊廓的側面，也有幾條可以看見非常門的斜巷，車伕和遊廓人家居住的大雜院櫛次鱗比的光景，和《青梅竹馬》所描述的大音寺前大街並無改變。不久，可見到小河流上的石橋，一邊為派出所，一邊為名喚「平野」的料理店。隨著越靠近公園，商店和飲食店漸漸增多，成為熱鬧的街町。

地震前，市川猿之助[12]君居住多年的房屋位於此大街西側。每當酉市夜晚，徹夜敞開家門，慣例為路過客人供應酒餚以示慶賀。聽說明治三十年左右，庭院後方整片都是田圃。因此，更早之前，從淺草至吉原的道路，除馬道外皆為田間畦道一事，不待翻閱地圖亦可推測之。

《青梅竹馬》、《今戶殉情》出版之時，東京街町尚未有都更，因而好像無電車、亦無電話。閱讀《今戶殉情》時，也不見有娼妓使用電話的情景。當時東京街町，皆未失去各街町各自固有的面貌。例如：永代橋一帶和兩國一帶，從土地商業為始，萬事都不相同般，吉原遊里無論如何得繼續保持傳統風習和格式。

泉鏡花的小說《註文帳》，刊登於明治三十四年（一九〇一）的雜誌《新小說》，比一葉、柳浪兩位的作品晚五、六年。《二六新報》[13]當時所計畫的娼妓自由廢業運動，業已成為世人的議題，不過遊里風俗依然無所改變一事，從《註文帳》出現的人物及事件即可窺知。

《註文帳》為描述住在廓外宿舍的娼家女，因剃刀作祟而刺死其戀人的故事，還沿著御齒黑溝陰暗小巷的光景，及棲息於此製造、販賣娼妓日用品市井小販的生活。其中對於研磨鋪及老師傅之描寫，成為作者最初的名文。如同《今戶殉情》故事發生於歲末，《青梅竹馬》發生於殘暑之秋，為各自的創作增添特別的風情，《註文帳》作者將篇中事件設定於雪夜，我認為這是最為巧妙的安排。喜愛一立齋廣重版畫裡，埋在雪中的日本堤及遊廓大門外風景的鑑賞家，想必也會認定鏡花子的筆致可與之匹敵吧！

鐵道馬車廢棄後改為電車，應為明治三十六年（一九〇三）之事。當時世態人情之變化漸趨急遽，別有洞天的吉原依然保持舊習俗，每夜妓女在窗門招攬客人的情景依然熱鬧，隨著季節更移，賞櫻和仁和賀[14]的活動仍持續不斷。

從此年開始的五、六年之間，未料我竟成羈旅之人，及至明治四十一年（一九〇八）秋再度重遊，不能不有「前度劉郎今又來」之感。仲之町出現啤酒屋，破壞「秋信先通兩行燈影」[15]街町風景之氣氛，娼妓攬客門窗不見了，五丁町一片昏暗，土堤上的人力車明顯變少了。明治四十三年（一九一〇）八月的水災和翌年四月的大火，使得遊里及其周邊街町的光景整個改變，逐漸成為今日這般毫無特色的陋巷。閱讀世間的文學雜誌，描寫遊里的小說足堪與當年傑作匹敵者完全斷絕。

明治四十二、三年以後，遊里的光景和風俗，早已不適於激發當時作家的創作靈感。何故而如此呢？我不得不說一葉、柳浪、鏡花等作品中出現的人物境遇和情緒，彷彿江戶淨琉璃中之情境。而且，我不得不說一句那等人物並非發自作家的興趣所創作出來，都是以真實人物為範本。於此，我感到三、四十年以前的東京，作者的情緒和現實生活之間，存有今日所無法想像的美妙調和。此種調和即為成就諸篇之原因。

明治三十年代的吉原，確實存在有如江戶淨琉璃般敘事詩的一面。《青梅竹馬》、《今戶殉情》、《註文帳》諸作，因為捕捉到敘事詩的要素，才能描寫得如此成功。《青梅竹馬》第十回的一節，足以證明我的所感。

春日櫻花撩亂，玉菊燈籠16掛起時，緊跟而來是秋日新仁和賀的表演。十分鐘內飛奔而過的車，數一數竟有七十五輛。新年狂言不知不覺中已過，紅蜻蜓田圃中亂飛，橫溝鶺鴒鳴叫季節已近。朝夕秋風浸入身，上清店內蚊香換懷爐，石橋田村屋磨粉臼聲寂清，角海老樓大鐘響聲傳哀傷，日暮里四時不絕的火光，燒屍梟煙令人悲。從茶屋後方往土堤下細道傳來的三味線琴音，為仲之町藝妓巧妙奏出的所謂「在阿君睡躺的床上……」這一節道似無情卻有情，深深打動人心的曲調。此時節的初訪者，並非單純走馬看花的遊客，而是想深入其中感受各種風情的有心人，從良遊女如是說。

一葉文章情調和柳浪作品並無二致。二家作品，其形式雖相異，其情調之敘事詩卻相同。且看《今戶殉情》第一回的數行吧！

天空中無半朵雲，一片漆黑，廿四夜月亮尚未升起，宛若具有靈性般的星星閃閃爍爍，抬頭仰望，冷冽之氣襲身。誇示不夜城的燈光，從屋簷下照射來往人影，霜枯三月免不了的寂寥，從遊廓大門至水道橋尾，都能聽見茶屋二樓尖銳的嘈雜聲。

後天就是初酉十一月八日，今年氣候稍回暖，不必披上三層小袖袍，不過夜深時還是能感覺初冬的寒氣。

方才的報時聲，乃是角海老樓大鐘的十二時鐘響。逛街人影已絕蹤，角町上只聞見夜警鐵棒聲。流瀉於里市的笛聲拖著長長尾音，攬客門窗內的閒聊聲也到中斷時分了。

廊下傳來草屐走動的空寂聲，有人正把台上殘羹冷炙拿到屋外。遠處的三樓傳來呼喊樓丁「喜助─喜助─」的尖銳聲。

遊里的光景及其生活，瀰漫一股與聆聽淨琉璃沒兩樣的哀調。這種哀調，並非由小說家依其興趣所創作出來的巧妙成果。不僅止於遊里，這種哀調在過去的東京，無論是繁華的下町，還是寂靜的山邊街町，不時之間痛切地發出攪動人們感官的力量。然而隨著歲月的流逝，繁鬧近世都市的噪音和燈光，把這種哀調完全毀滅了。於此，我要說三十年前的東京，殘留著和江戶時代生活相同的音調。而且，顯然地在吉原遊里可以聽到最後的餘韻。

在此，未論及遊里的存亡和公娼的興廢。縱使為尊重希臘古典藝術，今日有誰還會去做那時代復古之夢呢？

甲戌十二月記

譯注

1 每年十一月酉日，日本各地鷲神社所舉行的祭典。
2 山東京傳（一七六一—一八一六）：江戶時代的劇作家、浮世繪師。
3 樋口一葉（一八七二—一八九六）：明治時期的歌人、小說家。
4 廣津柳浪（一八六一—一九二八）：小說家，善於描述社會底層之黑暗面。
5 泉鏡花（一八七三—一九三九）：活躍於明治時期至昭和初期之小說家。
6 江戶後期，一番目通常演時代劇，二番目則演現代劇。
7 吉原遊里大門外柳樹，因早晨歸去客人，於此往往會轉頭回顧，故稱之。
8 刎橋為日本江戶時代一種鑿洞架設的特殊橋。
9 小格子為江戶時代最低等的遊女屋。
10 原文為里言葉，亦做里詞，為江戶時代遊廓之遊女所使用語彙。
11 即凌雲閣，通稱淺草十二階，建於一八九〇年，樓高十二層，毀於一九二三年關東大地震。
12 歌舞伎演員的名號，此處應指第二代市川猿之助（一八八八—一九六三），為第一代之長男。
13 《二六新報》為秋山定輔於一八九三年創刊於東京的報紙，提出廢娼等問題而大受歡迎。
14 仁和賀即番茶狂言，素人的即興表演。
15 新吉原鐵鑄大門，右柱題為「春夢正濃滿街櫻雲」，左柱題為「秋信先通兩行燈影」。
16 吉原遊里年中行事之一，以盂蘭盆燈籠追悼已故遊女玉菊。

夏の夕は格子戸の外に裸体で涼む自由があり、冬の夜は置炬燵隣家の三味線を聞く面白さがある。

夏夕有裸露上身坐在格子門外乘涼之自由，冬夜有坐在炬燵聆聽鄰家彈奏三味線之樂趣。

——〈小巷〉

放水路

隅田川兩岸，自千住至永代橋畔，如今無一處適於發人散策之遊興。不得已之下，我僅能以荒川放水路之堤道代替之，時常拄杖走訪。

荒川放水路為明治四十三年（一九一〇）八月，因都下未曾有的一場水災，始著手規劃。不過，建造工程何時動工？何時竣工？我未知其詳。

大正三年（一九一四）彼岸[1]，我曾試往參拜荒廢已久的六阿彌陀。我渡過千住大橋，行走於西北連綿二公里之長堤，打算前往位於南足立郡沼田村的六阿彌陀第二番的惠明寺途中，聽到休茶屋老婆婆惆悵地對人說，來年春天就見不到荒川之櫻花了。

因此，我方知開鑿放水路的大工程，已於荒川上游著手動工。那年已成最後一次，下回彼岸日也無法再度參拜六阿彌陀。我不僅不願見到從江戶時代改成東京才沒幾年，許多人已走慣的鄉間小道被重新改修的模樣，也不願見到連古寺廟因某原因亦可移到他處的想法。加之我突然罹患腸疾，身體上無法如往昔般隨性恣意四處散步。另外，曾是我吟行伴侶的親友某君遽然病逝。種種原因，離我今年昭和十一年（一九三六）春日，偶然行經架於放水路上之江北橋，屈指一算二十又二年間，竟然不曾有再遊舊地之機會。

＊

大正九年（一九二〇）秋日，有一天曾搭乘從深川高橋往行德的又小又髒之馬達船，遊浦安之海村。船一開動，拍打船舷水聲突然震耳欲聾，船身亦開始搖晃，從船窗向外望去，不僅窗際座席坐滿人，玻璃髒得有如蒙上一層霧的毛玻璃。我只得起身，把頭伸出入口處向外望。

不知不覺中，船駛出小名木川的水路，行於渺茫大河之上。對岸土地看似低窪，除茂密蘆葦叢生外，不見樹木亦不見屋頂、電線杆。自此岸至河水正中央，只見無草無木的土黃禿山，聳立於陰沉的天空下，遮住眺望的視野。至今看慣貨船擁擠的狹窄水道光景，眼前突然出現黃濁河水，望不見岸邊，只有滿是蘆葦的低地向四方延伸，宛如水災般慘狀，不禁有種荒涼景象逼近身之感。我為東京附近竟有如此絕無人跡之處感到奇怪，問同船賣蜆者，方聽聞放水路之水和中川舊流於此處匯流後，流入附近之大海。然而，那時尚未見到船堀[2]和葛西村之長橋。

我因衰退的健康狀態及頹廢的日常雜務，妨礙此後十餘年再遊此水鄉，昭和改元後，五年冬季將盡某日，漫無目的行至深川街町盡頭，不久由扇橋一帶沿釜屋堀岸邊行走途中，我猛然見到路旁腐朽荒廢小祠堂前一片斷碑。碑上刻有「女木塚」，其下為——

隨秋沿河行　直至小松川　芭蕉翁

荒川放水路。

讀此俳句的同時，我一時興起，如此句所言，隨秋行至小松川一窺究竟，沿水道岸邊直走，突然於行將崩塌的並列倉庫空地一隅，見到架設於中川上的大木橋。

我已知道小名木川之水流匯入中川，同時亦見到對岸堤防高聳，築起如城塞般石造水門，閘門以不知多堅固的鐵板所建造，粗大鍊鎖低垂。載客汽艇、貨船及釣船皆鑽過此水門，方駛出堤外。我憶起十餘年前，赴浦安途中，首次渡過放水路時荒涼之景色，為眼前景物全然改變感到驚訝不已，不得不瞠目結舌。

堤防上架設如此長的船堀橋，其長度約為永代橋之二倍。橋長直抵對岸河堤後，連結船堀小橋，再延伸至更對向的堤防。佇立長橋中央恣意眺望，對岸亦有同樣水門，支撐沉重閘門的石造塔，孤獨聳立於夕靄籠罩的天空中。其形狀和茂密蘆葦，偶然映入我的眼裡，令我憶起流經法國南部隆河急流中，所矗立的古代水道毀壞基石之風景。

回顧來時路，從大島町綿延至砂町的工場建築物及住家屋頂，皆隱沒於堤防和夕靄間，唯有林立的煙囪和瓦斯貯存槽，以怪異暮雲為背景，如今正燦爛地燃燒於夕陽高空中，以致放眼望去，薄暮當中帶著一股悲壯氣氛。夕陽照射在整座堤防上下之枯草及蘆葦的深處，何止小小積水處被照得閃閃亮亮，連渡橋的人、車及欄杆影子亦映照於橋面上。風很沉靜，高高枯草間傳來鳥群的尖銳叫聲，宛如飛石般突然飛散消失。曳舟之機械響聲回響於兩岸，漸次遠去。

年末將盡的十二月薄暮中，我在與晚秋無異的強烈夕陽天空下，一望無垠，眺望這一片唯有枯黃野草和蘆葦的景色，總覺受到一種莫名異樣感覺的刺激，儘管夜色一步一步進逼，我依然散步於堤上。當我認出遙遠河下的彼方，葛西橋燈影閃爍，我繼續往更前方走去。

*

葛西橋為架設於荒川放水路的長橋當中，最靠近海、位於最南端者。不過，知道此詳情為返家翻閱地圖之後。那一晚，我從船堀橋沿河堤，望見葛西橋燈火時，並不知此橋之名，當然更不知從那僅四、五町距離，放水路的堤防有如鞋尖形狀沒入海中。

夜突然降臨，黑暗不僅遮住眺望，立於橋際告示板之文字，不把臉靠過去即無法閱讀。告示上寫著因會妨礙通行，橋上禁止釣魚。當我倚在橋上欄杆，想看一下看不見的水流，說是風毋寧是觸摸在臉頰的流動空氣、海腥味以及沒有絲毫燈火的前方，讓我感覺已是陸地將盡、海洋將始之處。

探險興致勃然湧起，惟思工場之地常起不慮之禍，我只得期望他日重遊，當夜即尋求歸路，遂抵城東電車境川站。

葛西橋欄杆竣工於昭和三年（一九二八）一月。無此橋之前，兩岸風景肯定比今日更寂寥。

晴日，自砂町岸邊遠望，蒹葭蒼蒼的浮洲，如鱷魚尾巴般長長橫亙於水上，隔此浮洲，遙遠處一列老松根深葉茂，亦朝同一方向傾斜。蘆荻和那列松樹之間，看見海水深浸，漁船帆桅移動行進於蘆葦那方。如此美景，直至三、四十年前，於淺草橋一帶尚經常可見。

一日，我整理藏書，讀到露伴[3]先生收錄於《讕言》的一篇釣魚紀行，翻閱三島政行[4]《葛西志》。方知昔日小名木川一支流橫斷砂村後與中川下游會合，此支流始稱隱坊堀，至下游稱境川，亦稱砂村川。依據露伴先生紀行，約明治三十年（一八九七）時，境川兩岸林木蒼鬱繁茂，如今這一帶的掩埋地除雜草叢生外，連一處灌莽皆無。境川既遭掩埋，其舊跡已成公共汽車往返的寬廣道路。

昭和五年，我初次拄杖前往葛西橋畔時，堤下有殘留枯蓮之水田、種植青蔥之旱田，滿是雜草之空地散居釣船人家。此後每次散步，就看見有出租屋建起、澡堂煙囪立起、橋畔休茶屋帳篷搭起，堤防傾斜面滿是被丟棄之紙屑和報紙。公共汽車從境川站渡過葛西橋，往返於江戶川堤和浦安之間。賞櫻及拾貝時節，車內會張貼附便當往還車資之優惠廣告。

＊

眺望放水路，令我無限欣喜者，為蘆荻、雜草及天空之外，不見任何一物。幾乎不會與人相遇。不會遇到平素於市中百貨店或停車場等，不知疲倦為何物、爭先恐後、喧

綾瀨川，位於四木荒川的左側與中川合流。

嗶不已之優越人種。夏日一到，雖亦設置游泳池和租船屋，不過僅限於橋端處，遠離橋邊的堤防上，縱使節日午後亦罕見散步人影，僅只聞到不知名禽鳥的叫聲。

自四木一帶為下游，兩岸各有一道堤防，中間還有一道，總計有三道。我經常散步於中間堤防。

中間堤防左右皆有水流，遠處兩岸的街町和工場皆隱而不見，日暮時分橋影籠罩於朦朧水氣中，拄杖於此時，我眼見自己逐漸稀薄身影，耳聞自己一步一步被風吹散的跫音，不禁萌生一種被世間完全遺棄的心情。

四、五年來，我前往郊外散步，一如寫《日和下馱》時，既非論述市街河川之美，亦非為探尋寺社墳墓，只為投身浸淫於自己營造的短暫空想中，尋求能夠調和蘊藏於平生胸中感想之風景，以獲得瞬間之慰藉。此為何故呢？此又何所為呢？縱使被質問亦不想回答。僅是一種時刻想追求寂寞而禁止不了的情慾而已。

為此目的，市中無一處比放水路的無人之境更適合了。為秩父季節風不斷吹襲，滿目皆是一面倒草木的戶田橋兩岸，應是放水路風景中最為荒涼之處吧！

從戶田橋沿水流行至北方河堤，再走一、二里路可抵達新荒川橋。堤下河原上有朱

地圖

塗寺院，其藍色銅瓦屋頂聳立於鬱鬱蒼蒼的松林之間。此處因北為川口町、南近赤羽町，橋上腳踏車和汽車來往頻繁，不適合我之散策。放水路之水和荒川主流以新荒川橋下水門為界，因各有不同之堤防，時而遠離、時而相近，其水俱向東流，至江北橋以南再度接近。

河堤之南自尾久延伸至田端為陋巷，沿北岸河堤則殘留有隴畝和水田，茅草屋農家和矮樹籬笆的美麗古寺散布於竹叢、雜樹林之間。此處梅花、桃花亦不失鄉村野趣，看起來和這一帶風景相當和諧。細竹遮蔽路端，樹幹已裂之櫻花老樹三三兩兩保持距離各自矗立。某日，我偶然行至六阿彌陀參拜舊道，心中因而有所感。因為暗忖那棵即將枯死老櫻之樹齡後，靜靜地喚起我曾遊此處之記憶。

江北橋北端，有往返川口和北千住之間，還有往返西新井的大師和王子之間的公共汽車交互行駛。此處尚殘留前往六阿彌陀和大師堂的老舊石頭路標。也有蘆葦圍成的休茶屋。前往千住的公車，行走於北側堤防二段之下的道路。道路往往比堤防低，沿著用水道或穿過農家牆外，與舊道合併。此地到處植有櫻花幼樹。不久，隨著接近西新井橋，舊道再度與放水路堤防道路合而為一，至橋際則完全失去其蹤跡。

西新井橋的人行道，令人可以想見千住大橋之雜沓。放水路的水流於此橋之南，與荒川主流相接後，突然轉方向，稍稍偏北，從千住新橋下轉向東南出堀切橋。橋梁欄杆上載有昭和六年（一九三一）九月，在此之前可能無橋可渡吧！或者橋梁改建吧！此處築有水門，放水路之水可經由短短渠道通往隅田川。

我暗忖此渠道或許為綾瀨川之遺跡吧！因為堀切橋東岸，立有菖蒲園之廣告。近下游處可見到四木橋，貨車和汽車頻繁往返橋上。從四木橋至其下游小松川橋之間，中川舊流一分為二，其一流入放水路，從西岸堤防向外流出，另一則因堤防不同，與放水路並行南下後相會合。

越過前往市川町火車之鐵橋，小松川橋即橫亙於眼前。來到小松川橋，倚其欄杆，可望見船堀橋和行德川水門之塔。水門景色已成為此地之路標。從水門至最終的葛西橋，其距離恐怕不足一里吧！

昭和十一年（一九三六）四月

譯注

1 彼岸為日人雜節之一，各以春分、秋分為中日，前後各三日計七日，稱之春彼岸、秋彼岸。這段時間通常會祭拜祖先、做法會。

2 東京都江戶川區之町名。

3 幸田露伴（一八六七—一九四七）：小說家、隨筆家。

4 三島政行：江戶時代人士，通稱政藏，號知遇翁、凸凹齋，編有《御府內風土記》等書。

譯後記

都市觀察家：永井荷風

林皎碧

日本明治初期，隨著政府的近代化政策，社會上出現一股西化風潮，舉凡食衣住行都以西風為尚，通稱「文明開化」。當時站在日本國際化第一線的一流人物，可舉森鷗外、夏目漱石和出生較晚的永井荷風三人。國人對森鷗外和夏目漱石較為熟悉，荷風可能就比較陌生了。

永井荷風（Nakai Kafu，一八七九—一九五九）生於東京，本名壯吉，別號斷腸亭主人。荷風出身官宦之家，精通俳句、落語、狂言、漢詩，他是將左拉自然主義介紹到日本國內的第一人。一九〇三年留學美國，後轉道法國旅行，留學期間傾心於西歐世紀末文藝，一九〇八年歸國後，曾任教於慶應義塾大學，主宰《三田文學》雜誌。作品中對於虛偽的西化世相及不合理的封建現象多所批判。之後，辭去教職，醉心於江戶文學，為日本唯美主義文學之代表作家。

長期以來，日本文學界對荷風相當冷淡，評價也不高，他死後不久，石川淳[1]甚至發表〈敗荷落日〉一文，嚴厲譴責他不讀書，只會將自己打扮得光鮮亮麗，晚年作品不值一讀，字裡行間對荷風充滿厭惡感。其實，荷風所受評價所以不高，和他的特立獨行有關，他既無師承、又無門人，放棄婚姻、自絕子嗣，厭惡記者、遠離文壇。生前經常足履木屐、手持蝙蝠傘、一只購物籃，踽踽獨行於大街小巷。身後無親人讚嘆、無徒黨吶喊。他所交往盡是市井小民，密從者也是些藝妓、私娼、咖啡廳女服務生，這些人既不懂他的文學，也無力替他辯駁。

近年來，隨著「東京學」風潮掀起，荷風的讀者漸漸增加，文學界開始對他重新評價。荷風作品中所描述的場景大抵是後街陋巷、古寺廢墟、河畔橋頭、暗娼私寮，人物則是以藝妓、私娼、咖啡廳女服務生等為多。荷風的寫實本領，得助於早年大量研讀福樓拜、莫泊桑、左拉等寫實主義到自然主義的正統作品。此外，荷風對於江戶時代通俗小說作者，以無抵抗作為抵抗的冷嘲熱諷的創作態度也相當激賞。雖然，荷風的作品對於厚顏無恥、不學無術的新式文人，和裝腔作勢、巧取豪奪的官僚商宦極盡辛辣之批判，對於那些淪落風塵、飄泊無依的不幸女子卻是寄予深切的關懷，作品中總是流露出懷古的江戶情調。因此，荷風雖是從自然寫實主義出發，卻沒有自然主義平板單調的缺點，反而是觀察敏銳、語彙豐富、詩情洋溢且多采多姿。

綜觀荷風的一生，他的生涯跨明治、大正、昭和三個時期，經歷關東大地震、及二次大戰等天災人禍。這正是日本最動盪、變化最大的時代。早期作品明顯受法國自然主義之影響，表現出對西方民主自由社會之嚮往、及對膚淺庸俗的明治文化之批判。荷風在經歷一九一〇年的大逆事件[2]後，心灰意冷之餘，隱身於都會一隅，過著燈紅酒綠、淺酌低唱的軟派生活，作品一轉成為充滿江戶情趣的戲作文學。

事實上，荷風對日本文學的最大貢獻，是將生活空間的「下町」[3]提升為文學空間，他可說是日本文學中第一位描述都市的作家。二〇年代的東京一躍為摩登都會，無論是地下鐵或電車、市公車或咖啡廳，都成為荷風筆下的新風景、新素材。例如：當我們讀到荷風對市電車的描寫時，好像看到他的通車地圖般清楚。點和線的巧妙結合，荷風成為都市文學的發現者。其實，充滿好奇心的都市觀察者——荷風，不僅實地觀察，更實地記錄，在相機尚不普遍的年代裡，他拿著相機以觀察者的冰冷、嚴肅觀看社會百態、以及滄海桑田的變化，或許可以稱他是視覺型作家吧！荷風在《日和下駄》序文即如此記載——昨日之深淵，今日之淺灘，拙著為變幻的世界立下存照，期盼有幸成為後人談興之素材。

永井荷風早年以小說得名，身後半世紀的今日，隨筆更受喜愛和重視。本書總計收錄隨筆十六篇，其中《日和下駄》十一篇，另有〈傳通院〉、〈銀座〉、〈遊里今昔〉、〈放水路〉、〈百花園〉等五篇。諸篇中有不少俳句季語、歷史典故、地理舊名及戲曲相關等，經常為查其出典費盡心力，所幸有國學院大學島田潔老師一路相助，特此致謝。

譯注

1 石川淳（一八九九—一九八七）：小說家。出生東京。以獨特的文體和諷刺的手法銳利批判社會狀況。著有《普賢》、《諸國畸人傳》、《狂風記》等。

2 發生於一九一〇年，以幸德秋水為首的社會主義者，密謀刺殺明治天皇之事件。

3 東京的下谷、淺草、神田、日本橋、京橋、本所、深川等地，通稱「下町」。

荷風年譜

一八七九年（明治十二年）

本名永井壯吉，十二月三日出生於東京市小石川區金富町四五番地（現文京區春日二丁目）。父親永井久一郎為明治政府的官僚、實業家與漢詩人，亦曾擔任東京國立圖書館館長。母親恆，為日本學者、武士鷲津毅堂的長女。

一八八三年（明治十六年）

二月五日，二弟貞二郎出生。

一八八四年（明治十七年）

入讀東京女子師範學校（現御茶之水女子大學）附屬幼稚園。

一八八六年（明治十九年）

入讀東京黑田小學。

一八八七年（明治二十年）

十一月十八日，三弟威三郎出生。

一八八九年（明治二十二年）

七月入讀竹早町的東京府立尋常師範學校附屬小學（現學藝大學附屬小學）。同年，父親任帝國大學書記官。

一八九〇年（明治二十三年）

父親任文部大臣芳川顯正的秘書，全家遷往麴町區（現千代田區）二丁目居住。九月，祖母美代去世。

十一月，入讀東京神田錦町地區的英語學校。

一八九一年（明治二十四年）

父親任文部省會計局長兼參事官，全家遷回小石川金富町。同年九月，入讀高等師範學校附屬中學（現筑波大學附屬中學高等學校）。

一八九三年（明治二十六年）

十一月，父親把金富町的房子賣掉，暫住麴町區飯田町三丁目。

一八九四年（明治二十七年）

遷往麴町區一番町四二番地（現千代田區一番町）。年末，患上瘰癧（結核性淋巴腺炎）住院。

一八九六年（明治二十九年）

受到喜愛日本歌舞伎的母親所影響，入岩溪裳川之門學習漢詩；並師從荒木古童學習尺八（日本傳統木管樂器）。

一八九七年（明治三十年）

父親從文部省辭官，擔任日本郵船會社上海分公司經理。七月，第一高等學校的入學考試失敗。九月，荷風隨父到上海，得以近距離體驗中國文化。十一月回國，發表遊記〈上海紀行〉，被視為其處女作。同年，入讀高等商業學校（現一橋大學）附屬外國語學校清語科。

一八九八年（明治三十一年）

九月，師從廣津柳浪學習小說創作。

一八九九年（明治三十二年）

一月，師從落語家朝寢坊夢樂學習俳句。同年，獲得《萬朝報》的懸賞小說獎，陸續在雜誌發表作品。十二月，由於缺席率過高，被外國語學校開除學籍。

一九〇〇年（明治三十三年）

父親擔任日本郵船會社橫濱分公司店長。

一九〇一年（明治三十四年）

四月，成為歌舞伎作家福地櫻痴的學生。

一九〇二年（明治三十五年）

父親在牛込區大久保余丁町（現新宿區余丁町）購築新居。同年發表《野心》、《地獄之花》、《夢之女》等小說作品，深受十九世紀法國自然主義作家左拉的影響。

一九〇三年（明治三十六年）

一月，初次與森鷗外相會；九月，在父親的勸告之下赴美國留學。

一九〇四年（明治三十七年）

在美國密西根州學習英語和法語。

一九〇五年（明治三十八年）

任職華盛頓日本大使館。同年十二月，任職於橫濱正金銀行紐約分行。

一九〇七年（明治四十年）

七月，轉職橫濱正金銀行法國里昂分行。

一九〇八年（明治四十一年）

三月，從正金銀行辭職。五月前往巴黎，七月經由倫敦返日。同年八月，出版遊記《美利堅物語》。

一九〇九年（明治四十二年）

一月發表〈狐〉，出版作品集《法蘭西物語》、《荷風集》。《法蘭西物語》與散文作品《歡樂》先後遭禁。同年十月，發表〈新歸朝者日記〉，十二月在《新小說》上發表小說〈隅田川〉，以及於《每日新聞》上連載小說作品〈冷笑〉。

一九一〇年（明治四十三年）

二月，在森鷗外與上田敏的推薦下，任教於慶應義塾大學文學科，講授法國文學。同年五月，創辦《三田文學》刊物，擔任主編。五月隨筆〈紅茶之後〉於《三田文學》上連載，七月發表隨筆〈傳通院〉。

一九一一年（明治四十四年）

七月，發表隨筆〈銀座〉。

一九一二年（大正元年）

出版《新橋夜話》，發表〈妾宅〉。九月，與湯島木材商齊藤政吉的次女結婚。十二月，父親久一郎腦溢血。

一九一三年（大正二年）

一月，父親久一郎去世，享年六十歲。後與妻子離婚。出版《珊瑚集》。

一九一四年（大正三年）

八月，市川左團次（歌舞伎演員）夫妻作媒，與藝伎八重次結婚。〈日和下駄〉開始於《三田文學》上連載。

一九一五年（大正四年）

一月，小說《夏姿》被禁。二月，與八重次離婚。五月，遷往京橋區（現中央區）築地一丁目居住。

一九一六年（大正五年）

三月，辭去慶應義塾的教職，結束了《三田文學》的編輯工作。五月，回到大久保余丁町的住所，命名「斷腸亭」（源於他喜歡別名為「斷腸花」的秋海棠）。八月，小說〈腕力較量〉於《文學》上連載。

一九一七年（大正六年）

九月，開始撰寫《斷腸亭日乘》，日記寫作一直維持至一九五九年。

一九一八年（大正七年）

一月，發表小說《五葉竹》。十二月，賣掉了余丁町的房子，遷往築地二丁目。春陽堂版的《荷風全集》發行。

一九一九年（大正八年）

十二月，在《改造》雜誌上發表小說《花火》。

一九二〇年（大正九年）

三月，出版隨筆《江戶藝術論》。五月，麻布區市兵衛町一丁目（現港區六本木一丁目）的新居落成，命名「偏奇館」。

一九二二年（大正十一年）

七月，小說《雨瀟瀟》出版。小說〈兩個妻子〉於《明星》上連載。

一九二六年（大正十五年）

三月，《下谷叢話》出版。

一九二七年（昭和二年）

與藝妓關根歌初次相遇，荷風為她贖身，並讓她擁有「幾松」這家店。十一月，弟弟貞二郎去世，得年四十四歲。同年九月出版《永井荷風集》。

一九三一年（昭和六年）

〈梅雨前後〉於《中央公論》上發表。

荷風與關根分手。

一九三三年（昭和八年）

四月，出版《荷風隨筆》。

一九三四年（昭和九年）

八月，發表〈背陰的花〉。

一九三五年（昭和十年）

四月，出版隨筆《冬之蠅》，發表隨筆〈深川的散步〉、〈遊里今昔〉。

一九三六年（昭和十一年）

荷風經常往玉之井（現墨田區東向島五丁目附近）、荒川放水路那一帶散步。

一九三七年（昭和十二年）

四月，發表隨筆〈西瓜〉，以及小說〈濹東綺譚〉於《朝日新聞》上連載，由木村莊八繪畫插圖，八月集結成書。同年九月，母親恆去世，享年七十六歲。

一九三八年（昭和十三年）

由荷風編劇、菅原明朗作曲的《葛飾情話》於淺草歌劇館公演，由歌劇演員永井智子主演。

一九四四年（昭和十九年）

把音樂家杵屋五叟（本名大島一雄）的次男永光收為養子。

一九四五年（昭和二十年）

三月，偏奇館在東京空襲中遭燒毀，寄居於原宿大島一雄家。九月，二戰結束後，遷往熱海。

一九四六年（昭和二十一年）

一月，移居至千葉縣市川市菅野三丁目大島。發表寫於戰時的〈來訪者〉等作品。

一九四七年（昭和二十二年）

一月，移居至市川市菅野的小西茂。於《中央公論社》上發表〈浮沉〉。

一九四八年（昭和二十三年）

三月，中央公論社版《荷風全集》出版。十二月，購入市川市菅野一一二四番地（現東菅野二丁目）新居。

一九五〇年（昭和二十五年）

發表隨筆〈葛飾土產〉。

一九五二年（昭和二十七年）

十一月，獲政府頒發「文化勳章」。

一九五四年（昭和二十九年）

一月，被推選為日本藝術院會員。

一九五七年（昭和三十二年）

移居至市川市八幡町。

一九五九年（昭和三十四年）

四月三十日，由於胃潰瘍發作吐血，導致窒息死亡，得年八十。

參考資料

《図説永井荷風》川本三郎、湯川説子著（河出書房新社）

http://www.docin.com/p-9581725.html

http://www.tokyo-kurenaidan.com/kafu-10.htm

http://baike.baidu.com/view/29245.htm

http://ja.wikipedia.org/wiki/永井荷風

http://wenku.baidu.com/view/2821f02b52acfc789ebc9ed.html

淨閒寺內永井荷風的朋友為他所立的筆塚。

荷風
今の世のわかき人々
われにな問ひそ今の世と
また来る時代の藝術を。
われは明治の兒ならずや。
その文化歴史となりて葬られし時
わが青春の夢もまた消えにけり。
團菊はしをれて櫻癡は散りにき。
一葉落ちて紅葉は枯れ
緑雨の聲も亦絶えたりき。
圓朝も去れり紫蝶も去れり。
わが感激の泉とくに枯れたり。
われは明治の兒なりけり。
或年大地俄にゆらめき
火は都を燬きぬ。
柳村先生既になく
鷗外漁史も亦姿をかくしぬ。
江戸文化の名殘烟となりぬ。
明治の文化また灰となりぬ。
今の世のわかき人々
我にな語りそ今の世と
また來む時代の藝術を。
くもりし眼鏡ふくとても
われ今何をか見得べき。
われは明治の兒ならずや。
去りし明治の世の兒ならずや。
「震災」
『偏奇館吟草』より